Heinrich Hollpein, Levin Schücking

Rekrut und Dichter

Lustspiel in 3 Akten

Heinrich Hollpein, Levin Schücking

Rekrut und Dichter
Lustspiel in 3 Akten

ISBN/EAN: 9783743307087

Hergestellt in Europa, USA, Kanada, Australien, Japan

Cover: Foto ©Andreas Hilbeck / pixelio.de

Manufactured and distributed by brebook publishing software (www.brebook.com)

Heinrich Hollpein, Levin Schücking

Rekrut und Dichter

Wien.
Druck von Friedr. & Moritz Förster.

Personen:

Besetzung am k. k. Hofburgtheater.

Landgraf Ludwig IX. von Hessen	Hr. Förster.
Caroline, dessen Gemahlin	Fr. Gabillon.
Gräfin Schwarzenau, Hofdame	Fr. Hebbel.
Von Brebern, Adjudant des Landgrafen	Hr. Kirschner.
Allgeier, Hofgärtner	Hr. Franz.
Minette, dessen Tochter	Frl. Kratz.
Wilhelm, Gärtnergehilfe	Hr. Baumeister.
Göthe.	Hr. Sonnenthal.
Ein Gärntnerjunge.	

Die Handlung geht theils im landgräflichen Schlosse, theils im Schloßgarten vor sich.

Erster Akt.

Eine Partie des Schloßgartens mit dem Gärtnerhause; letzteres mit einer Giebelwand gegen den Zuschauer; um das Erdgeschoß zieht sich eine offene Gallerie oder Veranda mit zwei Thüren im Fond. Im Giebel ein Fenster. Beim Aufziehen des Vorhanges hört man aus der Ferne trommeln.

Erste Szene.

Allgeier tritt hastig ein, von Minette gefolgt.

Allgeier (in die Szene blickend). Ich leid' es nicht! Es soll nicht sein, es darf nicht sein! Ich sag's ihm!

Minette. Um's Himmelswillen, übereilt Euch nicht, Vater! Der Landgraf wird es sehr ungnädig aufnehmen!

Allgeier. Das wäre etwas Neues, daß mir die Soldaten durch den Garten marschiren, ich leid' es nicht!

Minette. Es wird auf des Landgrafen Befehl geschehen!

Allgeier. Ei was! Garten bleibt Garten! da gehören Blumen und Rasen und Bäume hinein, die Soldaten gehören in ihre Kolonie hinaus; auf den Paradeplatz, auf's Feld!

Minette. Es ist ja nur die Schloßwache, die durchmarschirt.

Allgeier. Nur die Schloßwache! Nur! Dumme Dirne! Hast Du nicht gesehen? Ob der Weg hier enger oder breiter wird, die Bursche marschiren immer d'rauf los und treten mir links und rechts die Blumenbeete nieder! Nur! — Sind doch sonst immer hinten herum gezogen!

Minette. Da kommt der Landgraf selbst!

Zweite Szene.

Vorige. Ludwig. Bredern.

Ludwig (ohne Allgeier und Minette zu bemerken). Der Garten ist gut gehalten, he?

Bredern. Magnifique, Durchlaucht, magnifique!

Ludwig. Der Allgeier versteht's, das muß man ihm lassen.

Allgeier (Minette anstoßend). Hörst Du wohl?

Ludwig. Und die prächtigen Wege — he? Meine Grenadiere marschiren drauf, wie auf einem Brett!

Bredern. Süperbe Wege, Ihro Durchlaucht! Wirklich süperbe!

Ludwig (lachend). Ja, ja, das ist was für Euch! Hier neben Eurer Verlobten, der Schwarzenau, einhertänzeln und ihr Eure Verslein vorsagen — Dabei macht man sich die Stiefel nicht schmutzig, he?

Bredern. Euer Durchlaucht sollen mich stets auf den schlimmsten Wegen bereit finden, Ihr zu folgen!

Ludwig. Wem?

Bredern. Ihrer Durchlaucht!

Ludwig. Ah so! Nun dann gebt nur Acht; ich hab' immer Angst, daß Ihr mir einmal in irgend einer Pfütze zerfließt! das würde einen verteufelt süßen Syrup geben! (Das Trommeln nähert sich). Aha, meine Hauptwache!

Allgeier (von Minette ängstlich am Rocke gezupft, tritt näher). Halten zu Gnaden, gnädigster Herr —

Ludwig. Ah, Allgeier! Was gibt's?

Allgeier. Halten zu Gnaden — ich möchte alleruntertänigst bemerken — ich möchte ergebenst —

Ludwig. Nun was? He?

Allgeier. Der Garten, gnädigster Herr und Höchstdero Herren Soldaten — es thut kein gut —

Ludwig. Was? Meine Soldaten thun kein gut?

Allgeier. Gott behüte, gnädigster Herr; Höchstdero Soldaten thun sehr — sehr gut, aber Höchstdero Füße nämlich — Höchstdero Grenadiere Füße — zerstampfen mir den Rasen, die Blumen —

Ludwig. Was schwatzt Er da? Zerstampfen? Gott's Blitz! Was untersteht Er sich!

Allgeier. Gnädigster Herr — wollen bedenken, wo so ein Grenadierfuß hintritt, da wächst kein Grashalm mehr.

Ludwig. 'S ist kein Schade d'rum! (mit dem Stock drohend). Uebrigens will ich Ihm rathen, Sein Maul zu halten! Zerstampfen! Was? Sollen meine Grenadire, um Ihm Arbeit zu ersparen, etwa durch den Koth waten? he?

Allgeier (für sich). Oho, ich weiß ihn schon zu kirren! (laut) 'S ist nicht meinetwegen, gnädigster Herr, auch nicht des Gartens wegen — (näher tretend, leise). aber Ihro Durchlaucht, die Frau Landgräfin haben hier (deutet nach rückwärts auf die Veranda), ihre heimliche Grotte, ihren Lieblingswinkel, gnädigster Herr wissen ja; nun wird sie bei den Trommeln und Spectakeln immer traurig und meint, sie hätte nirgends Ruhe.

Ludwig (für sich). Gott's Blitz, das habe ich vergessen! (laut). Warum thut er das Maul nicht gleich ordentlich auf und schwatzt erst vom Zerstampfen? — Scher' Er sich. **Allgeier** geht mit einer Geste der Befriedigung auf Minette links ab.

Ludwig. Bredern! Gebt Ordre, daß die Schloßwache nicht mehr durch den Garten zieht; meine Frau hat hierum ihre Lieblingspromenade; wollen sie nicht stören; braucht Ruhe! Thut viel für uns; hat uns einen großen Theil der Regierungssorgen abgenommen —

Bredern. Ihre Durchlaucht, die Frau Landgräfin werden dafür vom ganzen Lande gesegnet!

Ludwig. Ja, ja, wir danken's ihr am besten, wenn wir ihr Ruhe und Erholung gönnen; sind's ihr schuldig.

(Man hört das Trommeln ganz nahe.)

Ludwig in die Szene blickend.) He, seht doch, wie die Bursche marschiren! — Sagt mal Bredern, — Ihr seid ziemlich herum gekommen — habt Ihr je etwas Schöneres gesehen, als meine Grenadiere?

Bredern. In der That, Durchlaucht, man kann nichts Prachtvolleres sehen!

Ludwig (in die Szene kommandirend). Halt! — Paff! Da stehen sie wie eine Mauer! (zu Bredern). Mensch, lacht Euch denn dabei nicht das Herz im Leibe?

Bredern (verneigt sich murmelnd). O — sehr — wirklich —

Ludwig (für sich). Der kann sich über so etwas nicht recht freuen! Und will Offizier sein! Sogar Major! Eher gibt ihm der alte Schwarzenau seine Tochter nicht! (sieht plötzlich gespannt und finster in die Koulisse). Wa — was ist das? Gott's Blitz, dort wackeln ein paar Bajonette! He! der fünfte Mann im zweiten Glied und der sechste — wo gucken die Sakermenter hin? (blickt um sich und entdeckt Minette, die neugierig in die Koulisse hinaussieht). Was hat sie da zu gaffen? Scher' sie sich! (Minette läuft erschreckt in das Haus). Neugieriges Weibervolk! (kommandirt). Achtung! — Marsch! (Die Trommel wird gerührt, Ludwig markirt mit energischer Hand- und Fußbewegung das Tempo). Trab, Trab! — Trab, Trab! (Indem er mit dem Blicke der draußen vorüber ziehenden Truppe folgt, wendet er sich um, und den Kopf immer nach der Koulisse gerichtet, marschirt er, das Tempo: mit Trab, Trab! bezeichnend, gegen den Hintergrund ab. Bredern folgt ihm in militärischem Schritt).

Dritte Szene.

Wilhelm, mit einer Schaufel über der Schulter, nach der Seite sehend, wo Ludwig abgegangen. Da marschiren die Grenadiere hinaus und der Landgraf daneben. — Brr! Ich spüre immer was von einer Gänsehaut, wenn ich das zweierlei Tuch sehe! Hahaha! das hast du gescheidt gemacht, Wilhelm, davon zu laufen aus deinem Landel! Jetzt müßtest du auch so hintendrein tappen! — (sich umsehend). Aber — war mir doch, als hätte ich Minetten's Röckchen hier durchs Laub schimmern sehen? Nun, sie wird wohl wieder herauskommen; ich will mir hier zu schaffen machen (er beginnt pfeifend die Erde eines Blumenbeetes zu bearbeiten, bleibt aber gleich, auf seine Schaufel gestützt, stehen und sieht links hinaus). Wer streicht denn dort herum? das Gesicht hab' ich hier noch nicht gesehen. — Er spricht mit sich selbst, wie es scheint, oder mit den Schwänen? — Auch so ein Stadtherr, ein Nichtsthuer, der dem lieben Gott den Tag stiehlt!

Vierte Szene.

Wilhelm. Göthe.

Göthe (halb nach dem Hintergrunde links gewendet). Herrliches Bild! die in den See niederhängenden Weiden, — die blitzenden Sonnenlichter dazwischen auf dem Wasser — der poetische Schwan.

Wilhelm (auf seine Schaufel gestützt, ihn beobachtend.) Weiden — Wasser — Schwan! Hat er das Alles noch nie gesehen, daß er solch ein Aufhebens davon macht?

Göthe (w. oben). Der edle, stolze Schwan, der Poeten-Liebling! Ueber ihm der Himmel — unter ihm der Schlamm! Es scheint mir aber, daß er den Kopf weit öfter in den Schlamm steckt, als er sich um den Himmel bekümmert!

Wilhelm. Kurios! Was das ihn nur kümmern mag, wohin der Schwan den Kopf steckt! Er selber, der junge Herr, thäte vielleicht besser, seine Nase in sein' eigne Sach' zu stecken!

Göthe (sich nach vorn wendend, erblickt Wilhelm, der ihn lächelnd betrachtet). Was grinst der Bursche mich so an?

Wilhelm (f. s.). Es wird ein Komödiant sein! Schade, daß er nicht weiter deklamirt!

Göthe (f. s.). Ein dreister Gesell, wie es scheint; er soll mir das kecke Glotzen lassen (auf Wilhelm zutretend, im befehlenden Ton). Schneid' er mir ein Bouquet aus den Blumen da!

Wilhelm (ohne sich zu rühren). Hier wird nichts abgeschnitten!

Göthe. Weshalb nicht?

Wilhelm. Weil's verboten ist für Fremde.

Göthe. Ich bezahl' es Ihm!

Wilhelm. Ich sage Euch ja, für Fremde geht's nicht.

Göthe. Ich bin Seiner Herrschaft — nicht fremd.

Wilhelm. Seid Ihr vom Hofe?
Göthe. Vom Hofe? — Ja — vom Hofe Apollo's, guter Freund!
Wilhelm. Apollo's? Hm! Ist mir nicht bekannt; hab' auch nie gehört, daß unser Landgraf mit so etwas umgeht.
Göthe (f. f.). Soll ich dem kecken Burschen weichen? Mich noch einmal von ihm auslachen lassen? (laut). Geb' er das Bouquet nur immer her; es soll Ihm ein gutes Trinkgeld dafür werden!
Wilhelm. Was wollt Ihr denn mit dem Strauße? Ihr kommt ja damit gar nicht zum Garten hinaus. An den Ausgängen wird aufgepaßt; die Schildwachen und Aufseher halten Euch an, wenn Ihr mit Blumen daher kommt.
Göthe. Thut nichts! Ich werde den Leuten ein Stück Geld in die Hand drücken.
Wilhelm. Ach, Ihr glaubt mit Eurem Geld in die Hand drücken Alles abmachen zu können! das ist hier nicht Mode. Und — was wollt Ihr denn mit dem Strauße, daß Ihr Euch's so viel kosten lassen wollt?
Göthe. Was geht's Ihn an?
Wilhelm. Nu, ich meine nur! (wendet sich ab und hantirt mit der Schaufel).
Göthe (zieht seine Börse und hält ihm Geld hin), das kriegt Er für den Strauß; mach' Er nun!
Wilhelm (in seiner Arbeit innehaltend, f. f.). Nun, das nenne ich mir einen Eigensinn! der ist ja ärger als unser Gartenesel! (schielt nach dem Gelde). Geld allein thut's nicht; es gehören auch gute Worte dazu. Aber was zum Kukuk wollt Ihr denn mit dem Strauße?
Göthe. Muß ich denn durchaus etwas damit wollen?
Wilhelm. Sapperment, wenn man sich's so viel kosten läßt, so denk' ich doch —
Göthe. Nun — ich will ihn meinem Schatz schenken.
Wilhelm. Das ist etwas Anderes! Warum habt Ihr das nicht gleich gesagt? Seinem Schatz schenken, das begreif ich; da ist doch Verstand d'rin! (hat ein Messer hervorgezogen und beginnt abzuschneiden).
Göthe (f. f.). Ha, nun wird er gelenkig, vermuthlich weil er dabei an seinen Schatz denkt! (laut). Schneid' Er nur auch mit Verstand —; hat Er je von der Blumensprache gehört?
Wilhelm. Müßte ja kein Gärtner sein, hätt' ich niemals davon gehört, aber ich versteh' nichts davon. Das muß man aus den Büchern lernen, und Unsereins hat nicht Zeit, hinter denen zu hocken.

Göthe. Nun, sieht er die Lev̇koien da, die Er abschneidet, die bedeuten: „heut' komm' ich", — und die dunkle Nelke dort —
geb' er mir auch die dunkelrothe Nelke hinein — die bedeutet:
„um sieben Uhr, wenn der Abend purpurn niederdunkelt."
Wilhelm. Haha! das ist hübsch! — Und der Goldlack da, bedeutet der auch was? Soll ich ihn dazu geben?
Göthe. Freilich! „Ich bin dir treu wie Gold" — bedeutet er;
und „bleib' du mir auch im Stillen hold" — sagt die Aurikel; schneide er mir von beiden ab.
Wilhelm. Potz Kukuk! die Blumensprache gefällt mir! Dank
Euch für die Lektion; ich will mir's merken:
„Ich bin dir treu wie Gold",
„Bleib' du mir auch im Stillen hold!"
(f. s.) Das paßt ganz auf mich und die Minette! (laut). Und
dann weiter: „Wenn der Abend purpurn niederdunkelt" —
da fehlt aber der Reim d'rauf; müßt' so was sein, wie „mun-
kelt" — „funkelt" —
Göthe. Richtig! Bravo! „Funkelt!" Etwa so:
„Dem Stern gleich Dein schönes Auge funkelt!"
Der Gedanke zwar ist wenig neu,
Doch Anlage hat Er zur Poeterei.
Wilhelm. Meint Ihr? Nu, mir soll's recht sein.
Göthe. Am Ende findet sich's, daß wir Brüder in Apoll sind.
Wilhelm. Schon wieder Apoll? Was besagt denn das?
Göthe. Nun nach Blumen und Poeterei noch Mythologie? das
wäre zu viel auf einmal; begnüg' Er sich für heute.
Wilhelm (ihm den Strauß reichend). Nu — wohl bekomm's!
Göthe. Ich danke Ihm; da hat Er Sein Trinkgeld! Adieu! (ab.)
Wilhelm. Adieus! (lachend.) Und viel Vergnügen auf den Abend
— beim Schatz! (er läßt den Thaler auf der Hand hüpfen).
Potz Kukuk! Ein blanker Thaler! das ist für den Sonntag,
— da kann was d'raus werden! — Aber wo steckt nur die
Minette? Ich habe sie heute noch nicht gesehen (er sieht nach
den Thüren und Fenstern des Gärtnerhauses, setzt zögernd den
Fuß in die Veranda, zieht ihn aber schnell wieder zurück). Hoho!
sie sitzt wohl in ihrem Stübchen — da weiß ich, was ich
thue! (läuft in die Coulisse und kommt gleich mit einer Leiter
zurück, die er neben dem Giebelfenster anlegt und hinaufsteigt).
Wart' jetzt krieg' ich dich! (steht auf der Leiter neben dem Fenster und späht hinein). Ich hab' sie! Ich hab' sie! — Ah!
(wendet sich plötzlich hastig ab, steigt eine Stufe tiefer und beginnt mit großer Emsigkeit Rebenblätter abzupflücken.)

Fünfte Szene.

Wilhelm. Minette (öffnet das Fenster).

Minette. Aber, Wilhelm, was macht Er denn da? Ist er verrückt? Schämt Er sich denn gar nicht?

Wilhelm. Schämen? Was ist da zu schämen, herzliebste Jungfer?

Minette. Daß Er so keck ist, am hellen Tage in meine Kammer hinein zu spioniren!

Wilhelm. Im Gegentheil, Minette, wenn's Nacht wäre, thät' ich mich schämen.

Minette. Und dazu hat Er sich noch die Leiter geholt, damit es Jeder sieht, der Augen hat.

Wilhelm. Weiß denn Jeder, wo Ihre Kammer ist, Jungfer Minette?

Minette. Abscheulicher Mensch!

Wilhelm (sie verliebt ansehend). Levkoie.

Minette. Wird er bald machen, daß Er fortkommt?

Wilhelm. Aurikel!

Minette. Wilhelm, ich sag's Ihm, ich rufe den Vater, wenn Er nicht geht!

Wilhelm. Goldlack!

Minette. Ich glaube wahrhaftig, Er ist übergeschnappt!

Wilhem. Freilich bin ich übergeschnappt, und zwar aus lauter Liebe zu einer so ungebildeten Person, die nicht einmal die Blumensprache versteht! — Das war Alles durch die Blume gesprochen, Minette!

Minette. Meinetwegen spreche Er mit den Kohlrüben dort; hier hat er nichts zu schaffen!

Wilhelm. Oho! Sehr viel habe ich hier zu thun; muß die überflüssigen Weinblätter abpflücken, damit die Sonne zu den jungen Trauben kann. Es war die höchste Zeit, mich dran zu machen.

Minette. Nun, nun! Reiß' Er nur nicht die Reben aus den Wurzeln!

Wilhelm. Beileibe nicht! — Jungfer Minette, wie wird's am Sonntag? Hat Sie's dem Vater gesagt? Tanzen wir?

Minette. Ah geh' Er mir, nichts habe ich gesagt!

Wilhelm. Sie will's nicht?

Minette. Was nützt's, der Vater leidet's nicht, daß ich mit Ihm zum Tanze geh'! Der verlaufene Schwab', der Wilhelm ist ein Obenaus und Nirgend an, sagt er.

Wilhelm. Dank' schön, Minette!

Minette. Warum dankt Er?

Wilhelm. Weil Sie es so hübsch gewissenhaft nachspricht. Schade! Ich hätte Ihr ein schönes, schönes Band gekauft, wenn Sie Sonntags nach Bessungen zum Tanz gegangen wäre. Ich habe Geld — da! (zeigt ihr den Thaler).

Minette. So mache er sich wenigstens ein Vergnügen damit, geh' Er heute Abend in den Birngarten kegelschieben, es wird eine silberne Uhr ausgespielt.

Wilhelm (unmuthig den Kopf schüttelnd). Ach das Kegeln, und Alles, wo Sie nicht dabei ist, Minette, kommt mir jetzt so dumm vor!

Minette. Geh' Er immer hin! Er thut mir einen Gefallen damit!

Wilhelm. Ihr einen Gefallen, wenn ich kegeln geh'?

Minette. Nun ja, es fällt den Leuten auf, daß Er alleweile die Abende hier herumlungert. Er geht nirgendwo hin; Er bringt mich noch in's Gerede!

Wilhelm. Was schadet's, Jungfer? Bin ich etwa kein Freier, wie er sich schickt für die Jungfer? Bin guter, braver Leute Kind, mein Geschäft, die Gärtnerei, versteh' ich, daß ich durchgebrannt bin über die Grenze aus unserem guten Schwabenlandl, von den Soldaten fort — das schadet mir nicht, bei keinem Menschen nicht. Ihr Vater, Jungfer Minette, weiß ja auch d'rum, wie ich den Schießprügel weggeworfen hab', und er hat mich doch zum Gehilfen angenommen, und ich denk', er nimmt mich noch zu was Besseren an!

Minette. Was er sich einbildet! (reißt eine handvoll Rebenblätter ab und wirft sie ihm auf den Kopf).

Wilhelm (schlägt mit einem Rebenzweig nach ihr). Wart!

Minette (biegt sich zurück und erscheint wieder mit einer kleinen Gießkanne, die sie drohend über Wilhelm hält). Will Er sich auf's Bitten legen oder —

Wilhelm (ausweichend). Thu' ich etwas Anderes bei ihr, als mich auf's Bitten legen? Wenn's nur was hülfe bei der hoffärtigen Jungfer! Sie ist gar stolz auf ihr verwünscht hübsches Lärvchen und auf ihres Vaters Schatz — auf die große Kiste voll Geld da drunten.

Minette. Schatz? Kiste? Welche Kiste?

Wilhelm. Ja, ja, die Kiste da unten, im hintern Zimmer, das jetzt Niemand mehr betreten darf; das der Vater immer so ängstlich verschließt.

Minette. Dummes Gerede! Kümmere er sich um andere Dinge!

Wilhelm. Nun, was hätt's denn sonst zu bedeuten, daß kein Mensch auch einen Blick in die Stube thun kann, he?

Minette. Wenn Er's gar so gern wissen möchte, so frag' Er den Vater.
Wilhelm. Das werd' ich bleiben lassen! Wer ihn zu viel fragt, den wirft er zur Thür hinaus. Es muß was ganz Besonderes in der Stube sein. Der Gärtner wird doch Niemand todtgeschlagen und dort versteckt haben? Nun zu spaßen ist mit ihm nicht, der kann zornig werden, wenn ihm etwas in die Quere kommt.
Minette. Pfui, Wilhelm; wie kann er so lästerliches Zeug reden?
Wilhelm. Aber es muß doch seinen Grund haben, dieses Heimlichthun!
Minette. Den hat's auch und seinen guten Grund, daß der Vater Niemanden in die Stube läßt, aber es hat sich Keiner darum zu kümmern, Er auch nicht, versteht Er, Wilhelm? Laß' Er sich's gesagt sein ein für allemal, oder es ist aus mit unserer Freundschaft! Laß Er die Leute reden, wenn's ihnen Vergnügen macht, dummes Zeug zu schwatzen! (sie verschwindet vom Fenster).

Sechste Szene.

Wilhelm (allein). Nun, nun! Minette! — (steigt herab). Sie hat's schief genommen, daß ich endlich einmal davon geredet. Nur bin ich so klug wie zuvor! — Sie weiß davon, die Minette, das seh ich ihr an der Nasenspitze an, aber sie darf nichts sagen. 'S ist nicht richtig mit der Stube, sag' ich! Unser Mathes, der Lehrbub, der will neulich Abends die weiße Frau gesehen haben, wie sie vom Schlosse her verschleiert langsam durch den Garten auf das Haus hier zukam; die Thüre sei dort wie verzaubert von selbst aufgegangen und darinnen sei sie verschwunden. Kurios ist's, und ich hatte oft schon Lust, zu lauern. — Eh, hol's der Kukuk! Ich will mich nicht drum kümmern; hätt' ich nur die Minette schon wieder gut! (indem er während der letzten Worte noch spähende Blicke nach dem Giebelfenster wirft, nimmt er die Leiter und geht links ab.

Siebente Szene.

Göthe. (Später) Minette.

Göthe (den Blumenstrauß in Händen, tritt in Träume versunken auf, erhebt endlich den Blick und sieht um sich). O — das ist ja dasselbe Häuschen? — Wahrhaftig, ich bin wieder auf demselben Fleck! Nun — mir sind die Wege noch nicht bekannt und —

freilich! wer zu viel in den Wolken sucht, findet sich auf der Erde nicht zurecht. Darum genug geträumt, und nach Hause; Merk und die Seinen werden mich schön vermissen. (Riecht an seinen Blumen.) Ah, wie lieblich! Aber — was mache ich mit dir, du schöner Strauß? Am Ausgange wird man dich mir abnehmen; du bist Contrebande! Leider, wie so manches andere Schöne in der Welt, ja das Schönste, Beste, das wir wissen und fühlen, müssen wir gar oft verbergen oder doch nur auf heimlichen, gefährlichen Wegen hinaus zu bringen suchen unter die Menschen! Sollen wir es darum wegwerfen? Es wäre schade!

Minette (durch die erste Thür auf die Veranda tretend). Ich habe den Wilhelm doch wohl zu hart angelassen; wo ist er — — Ah, ein Fremder! (sie bleibt auf Galerie stehen).

Göthe (indem er sich zum Abgehen wendet, erblickt Minette). Ah, sieh da, welch' liebliches Gesichtchen! — Beim Zeus, ein schönes Mädchen!

Minette (für sich). Die Blumen hat er gestohlen, das ist gewiß.

Göthe. Plastisch schön, wahrlich! Im Begriff vorzuschreiten, — den Oberleib graziös nach vorne gebogen — den Arm, den vollen, auf das Geländer gestützt —

Minette (für sich). Nun — wird's bald? Hat er sich sattgegafft?

Göthe (für sich). Da kann ich am besten meinen Strauß los werden! (eilt auf Minette zu, die einen Schritt zurücktritt, ihr auf die Galerie folgend). Nehmen Sie diesen Strauß von mir an, schönes Kind?

Minette. Mein Herr — ich weiß nicht, wie — —

Göthe. Wenn Sie ihn von einem Unbekannten nicht annehmen wollen, so denken Sie, der Garten sende Ihnen, als deren schönster Schwester, seine schönen Blumen.

Minette (streckt schüchtern die Hand nach dem dargebotenen Strauß aus). Mein Herr — wie komme ich dazu —

Göthe. Sie werden mich um eines so unbedeutenden Geschenks willen doch mit keinem Korb betrüben wollen?

Minette. Sie sind sehr galant, mein Herr — aber wirklich — wenn der Vater die abgepflückten Blumen sieht —

Göthe. So wird es eine Untersuchung geben? O, ich denke, Sie können sich darüber beruhigen. Es hat keine unberufene Hand den Strauß geraubt; der junge Gärtner selbst hat ihn geschnitten und so hübsch und sinnig geordnet, wie Sie ihn da sehen.

Minette (rasch nach dem Strauß greifend). Wer — der Wilhelm?

Göthe. Ja, der Wilhelm wird es wohl gewesen sein! — Sträuße, die der Wilhelm bindet, scheinen einer freundlichen Aufnahme gewiß zu sein?

Minette (verlegen ihr Gesicht in die Blumen drückend, tritt einen Schritt zurück und knixt). Ich danke Ihnen, mein Herr! (für sich). Nun könnte er doch wohl seiner Wege gehen!

Göthe (für sich). Ein allerliebstes, anmuthiges Geschöpf! (laut). Wollen Sie mich wenigstens — Ihre rosigen Fingerspitzen küssen lassen?

Minette (für sich). Wie keck! (laut). Ei, mein Herr, hier zu Lande küßt man nicht so mir nichts, dir nichts den Mädchen gleich die Hände!

Göthe. Nicht? Ist doch ein ganz hübscher Brauch, den ich bei Euch einführen will.

Minette. Dazu suchen Sie sich nur eine Andere; ich muß jetzt an meine Arbeit (will gehen).

Göthe (faßt sie am Arm). Der Wilhelm sieht's ja nicht!

Minette. Ei, man soll immer thun, als ob Einem Jemand sähe! (macht sich mit einer gewandten Handbewegung los, wendet sich, steht aber erschrocken still) O — mein Herr — gehen Sie — gehen Sie —

Göthe. Warum denn so erschrocken? Was ist Ihnen? Sehen Sie da hinten den Wilhelm erscheinen?

Minette. Sie haben gut spaßen! Machen Sie, daß Sie fort= kommen! Fort — nein — nicht hinaus, jetzt nicht, man kann Sie sehen; rasch da hinein — die Treppe hinauf — warten Sie oben! (sie hat während dieser hastig und angstvoll ge= sprochenen Worte Göthe in die erste Thür links geschoben). War= ten Sie, bis ich Sie hole! (läuft nach der andern Thür, welche sie aufschließt und darin verschwindet).

Achte Szene.

Eine weißgekleidete, dicht verschleierte Frauengestalt erscheint im Hin= tergrunde; zu gleicher Zeit von links Wilhelm.

Wilhelm. Hol's der Kukuk! es geht mir nichts von der Hand, so lange ich die Minette böse über mich weiß! Ich muß sie wieder gut machen! (wendet sich dem Hause zu und erblickt die langsam vorüberschreitende Dame, welche in den untern Eingang der Galerie tritt und in der zweiten Thür verschwindet). Was — was ist das? — das war — die weiße Frau! Aber so am hellen Tage? das ist nicht gebräuchlich! Hm! Verdächtig! — Oho! Ich bin kein Hasenfuß! Wenn ich ein bischen nachschliche — und lauerte? (thut einige Schritte). Wenn mich

aber der Allgeier dabei erwischte — oder auch nur die Mi=
nette, so wird sie noch böser! — (kehrt um). Ach, laß es sein!
— Was geht's Dich an! — Ob sie in ihrem Zimmer sitzt?
— (späht nach dem offenen Giebelfenster, wo man in diesem
Augenblick Göthe vorübergehen sieht). Was? — Was? — wer
war das? Wer ist dort? Hab ich recht geseh'n — oder spukt's
heute in allen Winkeln? — Das war ja — holla! das muß
ich näher besehen! (springt in die Coulisse, von wo er mit der
Leiter erscheint, welche er wieder an das Giebelfenster lehnt und
rasch hinaufsteigt. Indem er in das Fenster sehen will, beugt sich
Göthe heraus).

Wilhelm (mit zornbebender Stimme). Herr —! Ihr —? Ihr
da? Was zum Teufel habt Ihr hier zu schaffen?

Göthe. Muß er das wissen? (tritt zurück.)

Wilhelm (der, in seiner Hast herunterzusteigen, fast fällt). Ah! —
Uff! Ah! der junge Fremde! in ihrer Stube — in Minet=
ten's Stube! Was das zu bedeuten hat — das muß ich wis=
sen! Was davon zu halten ist — ah! da ist sie!

Neunte Szene.

Wilhelm. Minette (eilig aus der Thür rechts, welche sie offen
läßt, will in die andere Thür).

Wilhelm (auf sie zustürzend, faßt sie am Arme und zerrt sie nach
vorne). Oho, Jungfer Minette! Hat sie's eilig? Ich glaub's!

Minette. Nun — was ist Ihm? Was gibt's?

Wilhelm (zurückfahrend, zeigt mit zitternder Hand auf den Strauß
in Minetten's Gürtel). O — da! O — der Strauß!

Minette. Um Gotteswillen, was hat Er denn, Wilhelm?

Wilhelm (mit erstickter Stimme). Was bedeutet der — der
Strauß da? Von wem hat Sie den Strauß?

Minette. Den Strauß hat mir eben ein Fremder gegeben.

Wilhelm. Ha, ein Fremder! O, ich weiß, wie fremd er Ihr ist!
Sie Abscheuliche! Sie Unverschämte! O, Alles, Alles weiß
ich! Weiß schon, was der Strauß bedeutet — was die dun=
kelrothe Nelke da bedeutet: „Wenn der Abend kommt, wenn
der Abend funkelt — da wird gemunkelt!"

Minette. Wilhelm — rappelt's bei Ihm?

Wilhelm. Und ich selbst habe ihm den Strauß schneiden müssen,
o ich Esel! Darum war er so versessen darauf — der
Fremde! Ich mußte ihm den Strauß binden, damit er mit
ihr über mich lachen konnte! Aha, und darum wollte sie mich
heute Abend durchaus in's Wirthshaus schicken! Sieht Sie,
daß ich Alles weiß, Sie Schlange, Sie Lügnerin, Sie —

Minette. Wilhelm, Wilhelm! Er ist ja rein toll geworden!
Wilhelm. O, es wäre kein Wunder! 'S ist zum Tollwerden! Hab' ich nicht Ihr Wort? Hat Sie sich mir nicht versprochen? Und so belogen und betrogen zu werden!
Minette. Wer hat Ihn betrogen?
Wilhelm. Sie, Sie, Sie!
Minette. Schrei er nicht so! des Straußes wegen! Ist das nicht heller Wahnsinn, was er da vorbringt?
Wilhelm. Was, Sie leugnet noch? Leugnet Sie auch, daß Sie den Fremden oben in Ihrem Zimmer versteckt hält? Sie Hinterlistige! Sie Schamlose! Aber wart' Sie nur, das soll Ihr nicht so hingehen! Das soll der Vater erfahren! Mit seinen eigenen Augen soll er's sehen, wie Sie's treibt! (will fort).
Minette (ihn zurückhaltend). Um's Himmelswillen, Wilhelm, hör' Er doch!
Wilhelm. Der Vater soll's hören! (will fort.)
Minette. Um's Himmelswillen, laß' Er den Vater aus dem Spiel! Wilhelm, guter Wilhelm, nehm' Er doch Vernunft an! Wenn Er den Vater mit Seinem tollen Geschwätz erst wild macht — den Vater, der so jähzornig —
Wilhelm. Aha, jetzt hat Sie Angst, vor dem Vater hat Sie Angst, vor mir nicht! Und just soll er's wissen! Er muß' wissen, was er an Ihr hat —
Minette (mit ihm ringend). Wilhelm, ich beschwöre Ihn — (Wilhelm reißt sich von ihr los und rennt an Allgeier, der eben von rechts eintritt.)

Zehnte Szene.

Vorige. Allgeier. Ein Gärtnerjunge.

Allgeier. He — holla! Was rennt Er wie verrückt, und was habt Ihr hier für Lärm?
Wilhelm. Ich will es Euch sagen, Herr! Die Minette da — das ist ein schlechtes Kind; sie betrügt mich, sie betrügt Euch —
Allgeier. Was? Er untersteht sich —
Wilhelm. Sie betrügt uns beide, mich und Euch! Sie hält's mit Andern und mir hat sie's Wort gegeben! Den Strauß da hat sie von einem jungen Herrn, der zu ihr — in ihr Zimmer kommt! Und ich — ich hab' ihr Wort — wir haben uns versprochen —
Allgeier. Was?

Minette. Hört nicht auf ihn, Vater, — er ist verrückt!

Wilhelm. Ich bin nicht verrückt, Sie falsches Ding, Sie! Sag' Sie's, ob Sie sich mir versprochen hat, oder nicht? Sag' Sie, ob Sie's nicht mit dem dort hält —

Allgeier. Ah — Ihr habt Euch versprochen? Hei! da muß ich ja auch dabei sein! — So steht's? Versprochen? Und das sagst Du mir in's Gesicht, Du frecher Bursch, Du?

Wilhelm. Weil's so ist! Sie hat sich mir gelobt! Ihr habt mich b'rum nicht zu schelten; scheltet die da!

Allgeier. Du schlechter Kerl, Du Landstreicher! Ist das der Dank dafür, daß ich Dich zu mir genommen, als Du nicht gewußt, wo aus und ein, Du Ausreißer, daß Du mir der losen Dirn' da den Kopf verdrehst und mir solchen Standal machst im Hause, und daß Ihr Euch balgt wie die Narren? Ein sauberes Früchtlein wär's freilich, das da, aber solche Früchtlein sind nicht für Dich gewachsen, Du liederlicher Kumpan!

Wilhelm. Ob ich liederlich bin oder nicht, das wißt Ihr gar wohl, wenn ich für Euch arbeiten muß, damit Ihr oft mitten am Tage Euren Rausch ausschlafen könnt, und so schimpft nicht!

Allgeier. Wart', Ausreißer, ich will Dir's verleiden, den Mädels nachzulaufen! (zum Gärtnerjunge). Mathes, Du holst die Wache herbei! (Wilhelm am Kragen fassend). Du sollst mir statt der Schaufel wieder den Schießprügel aufnehmen, dem Du entlaufen —

Wilhelm. Um's Himmelswillen, Allgeier, laßt mich —

Minette. Vater, Vater, seid barmherzig!

Allgeier (sie zurückstoßend). Fort, nichtsnutziges Ding! — Und Du — kommst mir nicht mehr los — fort mit Dir! (Er zerrt den widerstrebenden Wilhelm hinein, von der händeringenden Minette gefolgt.)

Eilfte Szene.

Nachdem die Szene einen Augenblick leer geblieben, steckte Göthe den Kopf vorsichtig aus der Thür links.

Göthe. Das klang wie heftiges Gezänk! — Hm, die Luft ist rein! (tritt vollends heraus). Ich wagte nicht herabzukommen, um dem lieblichen Kinde nicht irgend welche Verlegenheit zu bereiten. Welche Verlegenheit? Was weiß ich! Sie that so angstvoll, als sie mich da hinein und hinauf in ihr Stübchen schob! Ah, dieses Stübchen! Ein Nestchen, so nett und blank wie das Vöglein, das es bewohnt! Gern sähe ich das Mäd=

chen noch — (späht umher), gern nähme ich die Beruhigung mit mir — ihr nicht etwa unschuldiger Weise Kummer ver­ursacht zu haben. Der junge Bengel von Gärtner machte Augen wie ein Schuhu, als er meiner da oben ansichtig ward (geht während dieses Selbstgesprächs die Galerie hinunter und bleibt vor der zweiten offenen Thür stehen). Halt! da steht eine Thür offen! Sachte, sachte hinein, — vielleicht ertappe ich das Vöglein drinnen! (verschwindet in der Thür).

Verwandlung.

Eine Grotte. Von den Wänden herabhängende Schlingpflanzen umrah­men auf natürliche und geschmackvolle Art weiße Statuetten und Bü­sten, hie und da aufgestellt. Links eine laubenartige Nische mit einem von Büchern bedeckten Tische; davor, wie auch an den Wänden umher, Bänke von Baumästen. Die Grotte verengt sich nach dem Hintergrunde zu, wo mehrere Stufen zu einer offenen Thür führen.

Zwölfte Szene.

Landgräfin Karoline unter der Laube am Tische sitzend, in einer sinnen­den Stellung, ein offenes Buch in der herabgesunkenen Hand; nach kurzer Weile liest sie:

„Es glaubt der Mensch sein Leben zu leiten, sich selbst zu führen; und sein Innerstes wird unwiderstehlich nach einem Schicksale gezogen."

Was Dichter nicht Alles wissen! Ach, Karoline, was dein Göthe hier ausspricht, das hat dich das Leben, das heißt, der Schmerz gelehrt! — Nun, ich will nicht murren, bleibst du mir nur getreu, du mein theures Tusculum! Auf deiner Schwelle lasse ich Alles, was mich verstimmt und quält, zu­rück! In dieser schönen Ruhe finde ich mich wieder, wenn ich draußen fürchte, mich an die Welt zu verlieren. Hier habe ich es nur mit denen zu thun — (erhebt die Hand mit dem Buche) die uns das bischen Leben mit ihrem schöpferischen Hauche durchwärmen! (Liest:) „Die Menschen sind nicht nur zusam­men, wenn sie beisammen sind, auch der Entfernte — lebt uns." — Mir lebt er — nah oder fern! — mir lebt er, mein theurer Dichter hier! — Und endlich hoffe ich, ihn auch zu sehen — o, ich werd' ihn sehen! (Senkt den Blick wieder in das Buch.)

Dreizehnte Szene.
Karoline. Göthe.

Göthe (auf den Stufen der offenen Thür). Wie schön! Wie überraschend schön! Erst dieser Gang voll von der zierlichsten Pflanzenwelt, geschmückt mit Marmorwerken; und nun dieser Raum, noch lieblicher, noch reicher geschmückt, noch poetischer in dem magischen Dämmerlichte! — Das sieht einem Gärtner nicht mehr ähnlich; wer aber in aller Welt, (er ist nach vorne gekommen und erblickt Karoline, die erschreckt den Kopf erhebt und ihr Buch fallen läßt). Wo bin ich denn? (auf Caroline starrend). Welche Erscheinung?!

Karoline (mit dem Tone des Unwillens). Wer ist da? Was wollen Sie?

Göthe (etwas schüchtern). Verzeihung! Ich konnte nicht wissen — als ich diesen Gang betrat — daß ich mich störend in eine Einsamkeit dränge —

Karoline. Wer hat Sie herein gelassen?

Göthe (mit mehr Sicherheit). Niemand! Niemand als jener gefällige Diener der Poesie — der Zufall, der glücklichste Zufall!

Karoline. Sie haben Unrecht, ihn glücklich zu nennen, mein Herr! Am wenigsten wird er glücklich sein für die, welche meinen Befehl, jede Störung von mir fern zu halten, so wenig beachten.

Göthe. Können Sie wollen, daß ich einen Zufall unglücklich nenne, der mir das bezauberndste Bild, ein Bild, wie aus der Fantasie des Dichters geboren, so traumhaft schön und doch kein Traum, vor Augen stellt?

Karoline. Es gelüstet mich aber hier in meiner Einsamkeit nicht darnach, eine fremde Fantasie mit meinem Bilde zu ergötzen.

Göthe. Und doch! Wenn die Wirklichkeit dem Dichter in diesem fantastischen, märchenhaften Rahmen eine so holde Erscheinung enthüllt, wollen Sie diese freundliche Wirklichkeit Lügen strafen, dem Dichter dieses seltene Glück mißgönnen? Ihm, der nur zu oft Alles aus sich selbst schöpfen muß, wodurch er Andere erfreut und erhebt! — Darum verzeihen Sie und treiben Sie mich nicht von hinnen, holde Gottheit dieser Grotte, in die der Genius der Poesie meine Schritte gelenkt! (er kniet vor ihr nieder, indem er das ihr entfallene Buch vom Boden nimmt und es darreicht).

Karoline (nimmt das Buch, für sich). Wäre es möglich, was ich ahne? Auf dem gestrigen Rapporte über die Angekommen

— stand sein Name! Und so soll er aussehen! (steht auf, laut). Eine Situation, mein Herr, die weder mir noch Ihnen ziemt.

Göthe (sich erhebend). Ich weiß nicht, mit welchem Namen, edle Frau, die Welt Sie nennt, noch weiß ich, ob mein Name hier ausgesprochen, mein Unrecht geringer oder schwerer machen würde — doch, was haben auch Namen hier zu schaffen? Was ist's denn, das geschieht? Wie von einem holden Geheimniß unwiderstehlich gelockt, betrat ich jenen wundersamen Gang; staunend schreit' ich weiter; bei jedem Schritte tauchen neue Zauber um mich auf; von den Wänden herab winken mir und grüßen mich die hehren Dichterhäupter aller Zeiten und um den Zauber zu vollenden, erscheint hier vor mir ein Frauenbild, über welches jeder Adel seinen schönsten Reiz ausgegossen! Was frag' ich da nach Namen? Die Poesie selbst hat mir ihr Reich aufgethan und zeigt mir ihrer Bilder herrlichstes! Dieß Bild ist mein, ich habe es in mich aufgenommen und halte es fest in meiner Seele, denn ich bin — o ich fühle es — ich bin ein Dichter!

Karoline. Sind Sie ein Dichter?

Göthe. Ob ich es bin? — Ich träume es.

Karoline. Das ist gefährlich!

Göthe. Weshalb?

Karoline. Weil, es zu träumen, gar oft auf Abwege führt.

Göthe. Abwege führen oft zu holden Zielen, wie ich eben erfahre.

Karoline. Wissen Sie denn, an welches Ziel Ihr heutiger Abweg Sie führt? Vielleicht an ein sehr schlimmes, wenn ich Ihren Vorwitz strafte.

Göthe. Wie man etwa Kinder straft, damit sie sich eines denkwürdigen Ereignisses ihr ganzes Leben hindurch erinnern, denn eine Strafe würde nur dazu dienen, mir das Bild, welches ich jetzt vor mir habe, noch tiefer in die Seele zu prägen.

Karoline Große Kinder sind meist unverbesserlich!

Göthe. Wollen Sie mich bestrafen?

Karoline. Nein, aber — gehen Sie jetzt. Ich vertraue Ihnen bei Ihrer Ehre, sich weder über diesen Ort, noch über diese Begegnung gegen irgend Jemand zu verrathen.

Göthe. Sind wir nicht fast immer gezwungen, das Schönste, das Herrlichste, das in unser Leben tritt, ängstlich vor den Augen der Welt zu verbergen? Zählen Sie darauf, edle Frau, ich werde diese Stunde sorgsam und eifersüchtig vor jedem Sterblichen geheim halten.

Karoline. Können Dichter schweigen?

2*

Göthe. Sie können es, denn das lehrt sie die Stunde der Begeisterung, wo der glühende Drang des Schaffens über sie kommt und sie Dinge denken, sprechen und thun läßt, die sie um Nichts in der Welt der schalen Neugierde der Menschen preisgeben möchten.

Karoline. Und bleiben sie auch immer dieses Dranges Meister? Reißt er sie nicht bisweilen hin, der Menge auszuplaudern, was besser verschwiegen bliebe?

Göthe. Seien Sie ruhig, edle Frau, es gleicht dieses Drängen so oft dem eines Kindes, das entzückt zu den hellen Himmelslichtern über seinem Haupte aufjubelt und dann klagend und weinend zurücksinkt, weil seine Arme nicht bis da hinauf langen, um die Sterne herunter zu holen. — So der Dichter! Wie oft scheint ihm in seinem unendlichen Lebensmuthe, in seiner seligsten Begeisterung Alles, Alles erreichbar! Himmel, Erde und Unterwelt wähnt er sein und seine Brust dünkt ihm weit genug, die Welt zu fassen, bis ihn der nächste Augenblick seine Schwäche fühlen und ihn in grenzenloser Verzweiflung erkennen läßt, daß ihm die Sterne zu hoch sind! — Und brennt ihm das rechte Wort auf der Seele, das Flammenwort, das er vernichtend in eine Welt von Trug und Lügen hinausschleudern möchte — wie oft zagt und zweifelt er, ob er dieses Letzte, Beste seiner Seele nicht unnütz an die Welt verschleudern und einem unnützen und unfruchtbaren Märtyrerthum verfalle! — So schwankt der Dichter zwischen dem Wollen eines ohnmächtigen Kindes und dem Können eines himmelstürmenden Titanen, den ewig die Blitze übermächtiger Götter bedrohen!

Karoline. Doch liegt zwischen diesem Können und Wollen des Dichters ein Paradies, in dessen Wonnen er sich Trost und Kraft holen mag, wie keiner von uns andern Sterblichen.

Göthe. Ach, in diesem Hin- und Herfluthen unserer Gefühle verfehlen wir dieses Paradies nur zu oft, wenn wir nicht einen freundlichen, rettenden Genius finden, der uns hilft es wieder finden, der, wenn wir uns selbst zu verlieren drohen, uns zuruft, wie der Herr dem Petrus, als er auf dem See wandelte, im Begriff, in den Wogen zu versinken.

Karoline (für sich). Es kann nur Er sein! Alles, was man mir von ihm erzählt, gleicht ihm!

Göthe. Hätte ich heute einen solchen Genius gefunden — eine solche rettende Hand, die sich mir böte! O wie wollte ich sie verehren, diese Hand, gleich der einer Heiligen! wie wollte

ich sie an mein Herz pressen, an meine Lippen — (ergreift
ihre Hand und will sie leidenschaftlich an seine Lippen führen.)

Karoline. (ihm rasch die Hand entziehend, im ernsten verweisenden
Tone). Gemach, gemach, mein Herr Dichter, lassen Sie sich
von Ihrer Fantasie nicht zu Thorheiten hinreißen. Eines Ge=
nius, der auf die zu hoch gehenden Wogen das Oel der Be=
sonnenheit ausgießt, scheinen Sie allerdings zu bedürfen. Sie
mögen bisher wohl um den Baum des Lebens wie ein Kind
um den Weinachtsbaum geschwärmt haben, nur seien Sie ein
artiges Kind und verlangen Sie von diesem Baume nicht
Alles — für sich! Der Genius z. B. im weißen Kleide und
mit der rettenden Hand ist da eben nicht für Sie — erblüht!
(etwas feierlich). Der Genius, der einem Dichter hilft, ruht
in seiner eigenen Brust; da mögen Sie ihn suchen. Die Wirk=
lichkeit hat selten oder nie einen andern geboten. Wohl Ihnen,
wenn Sie ihn finden; streben Sie darnach! (deutet auf eine
Büste). Kennen Sie diesen?

Göthe. Tasso!

Karoline. Denken Sie an Das Schicksal Tasso's, der seinen
Genius nicht suchte, oder besser, ihn nicht zu finden wußte,
weil auch er ihn in den Reihen der Sterblichen suchte und zu
sich herab beschwören zu können glaubte durch die Beschwö=
rungsformeln der Leidenschaft!

Göethe. Tasso hat doch den Genius gefunden — in Leonoren
von Este.

Karoline (stolz). In seiner Fürstin! daß er in ihr den eigens für ihn
gesandten Genius erblickte, war der Anfang jenes Wahnsinns,
in den er verfiel, weil er sich selbst nicht das Maß, die Haltung
und die Harmonie fand, die ihn gerettet hätten (wirft sich den
Schleier über das Gesicht und wendet sich zum Gehen).

Göthe. Sie gehen — gehen vielleicht zürnend über meine
Kühnheit.

Karoline. Bleiben Sie hier eine Weile zurück und verlassen Sie nicht
mit mir zugleich diese Grotte (thut einige Schritte gegen den
Hintergrund).

Göthe. O scheiden Sie nicht mit diesem strengen Blick! Soll ich
Sie nie — nie wiedersehen, um mir Verzeihung zu gewinnen?

Karoline (schon auf den Stufen, wendet sich um). Lassen Sie sich
den Nachmitttag im Schlosse bei der Comtesse Schwarzenau
melden — mein Herr — Doktor Göthe! (eilt hinaus).

Göthe (höchst überrascht). Sie kennen mich? (macht lebhaft einige
Schritte gegen den Ausgang, hält plötzlich inne) Ach, ich darf ihr
nicht folgen! (kehrt langsam um). Wer ist diese Frau? So voll

Hoheit, Schönheit und Geist! Ist sie eine Fürstin? — O so ist es weniger ihre Macht, als ihre Seelenschönheit und angeborne Grazie, die ihr die Menschen unterwirft! — Wie sagte sie? Im Schlosse soll ich mich melden lassen? — Ha, sie wird es sein; wer kann es anders sein, als sie selbst, die Fürstin; wer anders als Karoline, die bewunderte, angebetete Landgräfin? — Woher sie mich kennt? Liest sie auf den Stirnen der Menschen, oder bin ich ihr so genau geschildert, daß sie mich erkennen konnte? (schreitet sinnend auf die Nische zu, wo er in Gedanken verloren stehen bleibt).

Allgeier (erscheint in der Thür). Ich sah die Fürstin gegen das Schloß zu gehen, sie war wohl hier; — und beide Thüren offen? die Minette hat sich in ihr Zimmer geschlossen; bis sie sich ausgeflennt hat, muß ich schon selber den Thürhüter machen vor diesem dummen Neste! (er schließt die Thür).

Göthe (aus seinem Sinnen erwachend, tritt vor die Büste). Da ist er ja; von dem sie sprach: armer Tasso, unglücklicher Sänger! Hast Du mit deinem hehren Liebe, deinem heißen Herzen nichts erreicht, als Wahnsinn, Kerker und Tod? — Leb' wohl! Auch du — lieblicher Raum, der Schönheit und Einsamkeit geweiht, leb wohl! (geht an die die Thür, die er vergeblich zu öffnen sucht). Wie, verschlossen! Was bedeutet das? (er klopft erst leise, dann stärker). Nichts — nicht das Geringste zu vernehmen. (er pocht stärker). Es ist vergeblich — ich bin gefangen! Ist es Zufall, oder bin ich's zur Strafe, wie die Fürstin drohte? Was es auch sei, ich muß mich fügen. (tritt wieder vor). Oh herrliche Fürstin, ich könnte dich lieben, wie Tasso Leonoren liebte! So heiß, so verzehrend wie er! — Doch still, Herz! Still, und verwirre und verliere dich nicht! Bist du nicht gewarnt? Bin ich nicht schon für den Traum nur einer solchen Liebe ein Gefangener? Armer, armer Tasso, wie fühle ich deine Leiden! (Er läßt sich auf die Bank nieder, wo die Landgräfin gesessen, nimmt ein Heft aus den auf dem Tische zerstreut liegenden Papieren, eine Bleifeder aus seiner Brusttasche, und den Blick sinnend auf die Büste Tasso's gerichtet, scheint er im Begriff zu schreiben).

Der Vorhang fällt.

Zweiter Akt.

Zimmer im Schlosse, mit zwei Thüren im Fond und zwei Seitenthüren.

Erste Szene.

Bredern, dann Gräfin Schwarzenau.

Bredern (erscheint in der M Thür rechts und spricht hinaus): Der Rekrut hat auf der Wachtstube zu verbleiben bis auf weitere Ordre! (tritt vor und zieht ein Heft hervor, in welches er schreibt):
„Wie Phöbus auf dem Sonnenwagen —
Wie Luna zu den süßen Klagen —"
das ist gut! — Sehr gut!

Gräfin (aus der S.-Thür rechts mit einem offenen Buche, bleibt beim Anblick Bredern's stehen, beobachtet ihn, seufzt und zuckt die Achseln). Herr von Bredern!

Bredern. Ah, angebetete Comtesse! Darf sich ein armer Sterblicher Ihnen zu Füßen legen?

Gräfin (in ihr Buch blickend, schüttelt den Kopf). Werther kniete nie vor Lotten.

Bredern. Wie — Comtesse?

Gräfin (ihm das Buch reichend). Lesen Sie! — Das wird Sie lehren zu lieben!

Bredern (mit einem zärtlichen Blick auf sie). Bedarf ich solcher Lehre? (nimmt das Buch und liest). „Werther's Leiden von Göthe"! Hm! Ich bin damit bis dahin gekommen, wo die Lotte den Kindern Butter auf Brot schmiert! Eine Geschmacklosigkeit sans égal!

Gräfin (achselzuckend). Sie sind eben ein Mann —

Bredern. Ich schmeichle mir.

Gräfin. Sie sind Soldat —

Bredern. Da ich nur als solcher Ihre Hand beanspruchen darf!

Gräfin. Lesen Sie Götz von Berlichingen; das wird Sie Thaten lehren!

Bredern (gereizt). Warum nicht lieber gleich bei dem Dichter selbst Unterricht nehmen in all' den schönen Dingen, die mich seine Bücher lehren sollen?! Der große Meister ist ja hier!

Gräfin. Wer — wer ist hier?

Bredern. Dieser Doktor Göthe; bei Merks soll er wohnen!

Gräfin. Göthe — der große Göthe, der Schöpfer Werther's hier — unter uns! Und das sagen Sie mir erst jetzt, und so ruhig? Sie haben kein Herz!

Bredern. Mein Gott, konnte ich denn ein so lebhaftes Interesse für diesen Göthe bei Ihnen voraussetzen?

Gräfin. Setzen Sie Alles voraus! — Bredern, Sie werden mir Göthe bringen! Ich muß ihn sehen — ich muß ihn hören — ich muß zu ihm reden! Er soll wissen, daß er hier verstanden wird — welche Herzen ihm hier entgegenschlagen!

Bredern. Comtesse, hier schlägt Ihnen ein Herz —

Gräfin (ohne auf ihn zu hören). Ich werde ihm entgegen treten. (blickt in ihr Buch). „— im simpeln weißen Kleide mit blaßrothen Schleifen an Arm und Brust" — wie seine Lotte!

Bredern (achselzuckend). Weiß und Rosa für eine Brünette —

Gräfin. Hören Sie mich, Bredern: wir bringen Göthe zu Mama; dort arrangiren wir ein Fest für ihn: lebende Bilder! Das erste Bild: Lotte — das bin ich! unter den Kindern, wie sie ihnen Brod vorschneidet!

Bredern. Wo nehmen wir so viele Kinder her?

Gräfin. Als zweites Bild das liebliche Pfänderspiel, wo Lotte dem Werther, der falsch zählt, aus Sympathie eine stärkere Ohrfeige gibt, als den andern. Ich bin wieder die Lotte und Sie machen den Werther!

Bredern. Mir — die Ohrfeigen? Ach, lassen Sie sie auch das Echo Ihres Herzens sein!

Gräfin (ohne auf ihn zu hören). Daß ich ihm nur Bewunderung entgegen bringen kann! Daß ich etwas vollbringen könnte, den Dichter zu begeistern; — gefaßt zu werden von ihm — besungen zu werden.

Bredern. Ich bin es — Julie — der Sie besingt —

Gräfin (ungeduldig). Singen Sie nicht.

Bredern (liest aus seinen Blättern). „Wie Phöbus auf den Sonnenwagen —" (es trommelt hinter der Szene). Wie? ist das Diner der Durchlauchten schon vorüber?

Gräfin. Sie hören, der Landgraf hält Siesta, d. h. er trommelt, wie immer nach Tische.

Bredern. Ach ja! Durchlaucht ist der beste Trommler in der Armee! Was hat mir diese Virtuosität schon Kopfweh gemacht! — Lassen Sie mich, Angebetete, den dräuenden Ruf des Mars durch die Stimme der Musensänftigen (bereitet sich zu lesen).

Gräfin (für sich). Ach ich hörte ihn lieber trommeln, als seine Verse lesen!

Bredern (unter Trommelbegleitung, liest):
„Wie Phöbus auf dem Sonnenwagen
    Zur Erde gluthvernichtend niederlächelt,
Wie Luna zu den süßen Klagen,
    Die Philomele ihr entgegen röchelt:
So röchelst — (sich verbessernd) lächest Du! (Die Trommel schließt mit energischen Schlägen).

Zweite Szene.

Vorige. Ludwig und Karoline (aus der Thür links).

Ludwig (fixirt Bredern, der aus seiner pathetischen Stellung in eine militärische zu kommen sucht). Hauptmann!

Bredern. Durchlaucht!

Ludwig. Deklamirt?

Bredern. Zu Befehl, Durchlaucht.

Ludwig. Unsinn!

Karoline. Liebe Schwarzenau, hat sich Doktor Göthe aus Frankfurt noch nicht bei Ihnen melden lassen?

Gräfin (für sich). Er wird kommen! (laut). Nein, Durchlaucht.

Karoline. So bitte ich Sie, dafür Sorge zu tragen, daß der junge Fremde nicht etwa abgewiesen werde, ich will ihn empfangen.

Gräfin (verneigt sich, im Abgehen für sich). Ich werde ihn empfangen — „im simpeln, weißen Kleide mit Rosaschleifen an Arm und Brust" (ab).

Ludwig. Hauptmann — den Rapport!

Bredern. Zu Befehl, Durchlaucht! (übergibt den Rapport).

Ludwig (besieht ihn). In Versen — der Rapport, he?

Bredern. Nein, Durchlaucht —

Ludwig. Das Ding sieht ja so zierlich aus, wie Euer Hochzeitsgedicht von neulich, Hauptmann! (entläßt ihn. Bredern ab.)

Dritte Szene.

Ludwig. Karoline. Später Gräfin.

Karoline. Euer Liebden quälen den armen Bredern immerfort.

Ludwig. Weil der Bredern immerfort ein Narr bleibt; ein Stück Süßholz — ein Päckchen Odeur!

Karoline. Er ist gegen seine Neigung Offizier.

Ludwig. Und gegen die Neigung aller vernünftigen Leute Versemacher und verliebt obendrein! Lieber wollt' ich Wanzen riechen, als so einen moschusduftenden Hanswurst!

Karoline. Euer Liebden getreuer Diener, der Präsident Schwarzenau, will seine Tochter dem Bredern nicht eher geben, als bis dieser wenigstens Major ist.

Ludwig. Ja, ja, darum habt Ihr mir ihn aufgeschwatzt! Gott's Blitz! soll ich den Narren noch zum Major machen, daß er eher ein Weib kriegt? Müßte uns doch jeder Rekrut auslachen — — Hoho! Apropos — Rekruten! Wissen wohl — doch Euer Liebten hören davon nicht gern.

Karoline. Lassen Sie mich doch wissen, was Sie so heiter macht.

Ludwig. Ei, man hat diesen Morgen einen prächtigen Burschen an mein Regiment abgeliefert; soll ein Prachtexemplar von einem Grenadier sein! Stattlich —

Karoline (für sich). O weh! Wieder so ein abscheulicher Rekrutenfang.

Ludwig. Haben's dem Allgeier zu verdanken; der hat ihn eingestellt. Euer Liebden wollen ihm, wenn Sie ihn sehen, unsre Gnad' und Zufriedenheit vermelden.

Karoline (überrascht). Dem Allgeier?

Ludwig. Ja, ja — dem Hofgärtner, — ihm!

Karoline. Der hat den Rekruten eingebracht?

Ludwig. Ja, der Bursche hat sich ungebührlich in seinem Hause betragen, mit der Minette, dem hübschen Ding, geliebelt, ein Taugenichts — was weiß ich? Kurz, da er noch dazu nicht von hier, sondern ein Fremder ist, hat ihn der Allgeier beim Kragen gefaßt und ihn der Wache übergeben. Nun ist er Rekrut.

Karoline (für sich). Mein Gott, wie mich das erschreckt!

Ludwig (vergnügt eine Prise nehmend). Wollen ihn besehen, den neuen Grenadier!

Karoline (für sich). Ich habe kaum den Muth zu fragen. (laut) Wie heißt der Mensch?

Ludwig. Wer — der Rekrut?

Karoline. Ja — wie heißt er?

Ludwig. Ist mir unbewußt. Das gehört in die Musterrolle. Interessirt es Euer Liebden —

Karoline. Und es ist ein schöner, stattlicher Mensch?

Ludwig. So besagt der Rapport. Wollen Euer Liebden selben mit mir in Augenschein nehmen?

Karoline. Und ein — Fremder?

Ludwig. Ja doch, ja!

Karoline (für sich). Mein Gott — ein Fremder — in Allgeier's Hause — das ist Göthe! Der Gärtner wird ihn in meiner Grotte gefunden, für einen Liebhaber Minetten's gehalten und — Streit mit ihm bekommen haben — — (sich vergessend). Er ist es! Er ist es! (Gräfin erscheint, von den Andern unbemerkt im Hintergrunde).

Ludwig. Wie beliebt — ?

Karoline. Wissen Euer Liebden, wer der neue Rekrut ist? — Das ist der junge Göthe, des kaiserlichen Rathes Doktor Göthe in Frankfurt Sohn!

Ludwig. Göthe? Nun — und —?

Karoline. Ich möchte mir erlauben, unmaßgeblich zu rathen, wenn Euer Liebden sich nicht ärgerlichen Zerwürfnissen mit der freien Reichsstadt aussetzen wollen, den jungen Göthe augenblicklich wieder auf freien Fuß zu stellen.

Ludwig. Nun, was verschlägt's? Daß solch ein Thunichtgut, solch sein mißrathenes Söhnlein noch zu der Ehre kommt, hessischer Grenadier zu werden, kann ja dem Herrn kaiserlichen Rathe, denk' ich, nur eine Freude sein.

Karoline. Aber es ist kein mißrathener Sohn; es ist ein ganz hervorragendes, wegen seiner mancherlei Versuche in der Dichtkunst bereits vielgepriesenes Talent!

Ludwig (kalt). In der Dichtkunst — ?!

Karoline. Er hat eine vortreffliche Tragödie vom Ritter Götz von Berlichingen mit der eisernen Hand geschrieben.

Ludwig (kopfschüttelnd). Hm, hm! Ich will nichts gegen diese Leute sagen, denn Euer Liebden sind nun einmal deren großmüthige Gönnerin; aber so viel ich von diesen Versescriblern weiß, sind es unsichere Kantonisten allzumal, und einige Jahre Militärdienste werden dem jungen Musje Göthe nichts schaden!

Karoline. Euer Liebden, wenn meine Bitten irgend etwas bei Ihnen vermögen, so lassen Sie diesen jungen Mann frei!

Ludwig (finster). Woher wissen Sie denn, wer der Rekrut ist? Woher kennen Sie ihn?

Karoline. Der junge Mann, der wirklich von auffallend schöner Statur ist, wurde mir von seinen Freunden ganz genau beschrieben; ich habe ihn diesen Morgen in Allgeier's Hause gesehen, und überdieß fand sich auf dem Thorzettel sein Name.

Ludwig. Sie haben ihn gesehen in Allgeier's Hause? Wo er dem Mädel nachstellte! Da haben Sie's ja! Ein liederlicher Bursch, ein Mädchenverführer!

Karoline Vielleicht eine unbedeutende Galanterie, um derentwillen Allgeier, roh wie er ist, mit ihm in Zank kam!

Ludwig. Nun, um Ihres Interesses für diesen Göthe wollen wir ein Uebriges für denselben thun. Da er wohl mit der Feder umzugehen weiß, können wir ihn ja als Unteroffizier einstellen — sobald er das Exercitum kennt, nachher vielleicht gar zum Feldweibel avanciren. Dann kann er doch wohl zufrieden sein!

Karoline. Mein theurer Gemal, halten Sie mir zu Gnaden, daß ich so ungestüm bin, aber ehe Euer Liebden mir nicht die Freiheit des jungen Mannes gewähren, werde ich nicht aufhören, Sie zu bestürmen.

Ludwig. Madame!

Karoline. Euer Liebden wollen erwägen: Ein junger Mann, den bereits ganz Deutschland kennt wegen seines seltenen Ingeniums und seiner bewunderungswürdigen Geistesgaben, kann nicht dazu verdammt sein, in einer niedrigen Lebens- und Thätigkeits-Sphäre sein besseres Selbst ersticken zu lassen. Es wäre ein himmelschreiendes Unrecht, eine Barbarei!

Ludwig (heftig schnupfend). Hessischer Grenadier-Feldweibel eine Barbarei? Gott's Blitz!

Karoline (nach einer Pause, tritt ihm näher und legt die Hand auf seine Schulter). Ludwig! Quäle ich Sie je zu viel mit Bitten? Habe ich je mit Ihnen gestritten über Ihre Weise zu denken und zu handeln? Und nicht dieses Eine Mal wollen Sie mir nachgeben, nicht dieses Eine Mal eine Bitte erfüllen?

Ludwig (weich). Nun — nun! Weiß, weiß, Du — (zieht sie an sich). Du bist mein gutes Weib — Karoline — sollst mit mir zufrieden sein. Wollen diesen Musje Göthe kommen lassen, und —

Karoline. Ihm die Freiheit ankündigen?

Ludwig. Und dann nach Befund der Sachen eine Entscheidung fällen.

Karoline. Ich danke, Ludwig! (sie umarmt ihn).

Ludwig (wendet sich zum Gehen).

Karoline. Und Sie werden mir selbst Nachricht bringen, welche Ihre Entscheidung gewesen?

Ludwig. Werden damit Euer Liebden aufwarten (l. ab).

Karoline. So, hoffe ich, ist mein unseliger Poet gerettet; wenn der Landgraf mir persönlich seine Entscheidung mittheilt, wird er nicht das Herz haben, meine Bitte fallen zu lassen. Sollte Göthe wirklich dem hübschen Lärvchen des Gärtnermädchens nachgestellt haben? — Mein Gott, diesen Herren Poeten ist alles möglich! (ab).

Vierte Szene.

Gräfin (allein). Ist es möglich, Göthe gefangen — Göthe Soldat! Ha, da fährt es wie ein Blitz durch meine Seele! — Das ist ein Wink des Schicksals — es ruft dich — es zeigt dir eine That: Julie, du wirst Göthe befreien! — Sie, die Fürstin denkt es zu vollbringen mit Bitten, Flehen, Thränen? Ich werde handeln. Der edle Dichter soll durch eine kühne, hochherzige That gerettet werden! Ich werde sie thun, diese That! — Dann soll es der Landgraf wissen — er wird mich vom Hofe verbannen, vielleicht des Landes verweisen, oder — ich — oh wenn es dahin käme! ich komme vielleicht auf die Festung! Julie, dann wird dir dein Vaterland Ruhmeskränze flechten! (rechts ab).

Fünfte Szene.

Karoline. Minette. (von der Seite).

Minette (weinend). Wenn Sie ihn nicht wieder frei machen, so ist es mein Tod; ich springe in den großen Teich!
Karoline (für sich). Da haben wir's! Was diese Poeten für Leidenschaften einflößen! (laut). Fasse Dich! — Was hatte er denn mit Dir?
Minette. Je nun, Durchlaucht, — er hat mich lieb, und — ich hab' ihn auch lieb!
Karoline (für sich). Es ist nicht zu glauben! (laut). Aber Kind, dieser junge Mann — sein Wesen — seine Art, kurz! er paßt nicht für Dich!
Minette. O, Durchlaucht, ich bin nicht hochmüthig — und dann — kann er's ja doch noch zu etwas bringen.
Karoline (mitleidig lächelnd). Zu etwas bringen! (für sich). Sie dünkt sich am Ende noch zu gut für ihn! (laut). Siehst Du, mein Kind, das kannst Du eben nicht beurtheilen, drum laß Dir sagen, daß dieser junge Mann für Dich zu — zu — ja, fühlst Du denn das nicht, bei seinen Reden, bei seiner Art, sich auszudrücken — daß — Du hast doch sonst Verstand, Minette —
Minette. Durchlaucht meinen, daß er zu dumm ist für mich? O, Durchlaucht, er ist eben nicht auf den Kopf gefallen, und spricht er auch bisweilen dummes Zeug, so kommt das doch nur vor, wenn er verliebt ist!

Karoline. Mein Gott, glaubst du ihn denn wirklich so sehr vernarrt in dich? Er hat sich Freiheiten gegen dich erlaubt, hat dir recht zudringlich den Hof gemacht —

Minette. Ach nein, zudringlich gewiß nicht, gnädigste Durchlaucht! Gewiß nicht — nur in allen Ehren; er war nur so schrecklich eifersüchtig!

Karoline. Eifersüchtig? Auch schon eifersüchtig? Wie und auf wen konnte er es denn sein? Du redest ja, als wenn dies schon eine längere Liebschaft zwischen euch wäre!

Minette (verlegen). Das ist es ja auch, Durchlaucht; wir wollten uns zu nächste Ostern — wenn's nur der Vater zugegeben — heiraten.

Karoline (ungeduldig). Heiraten! — Einfältige Person! der Doktor Göthe dich heiraten!

Minette. Wer? — der Doktor? — Aber gnädigste Durchlaucht, ich rede ja von keinem Doktor, sondern von meinem Wilhelm!

Karoline. Von Wilhelm — Deinem Wilhelm?

Minette. Von Wilhelm, dem Gärtnergehilfen.

Karoline (lachend). Das ist ein Anderes! Also Wilhelm ist es, den man zum Rekruten gemacht?

Minette. Kein Anderer, Durchlaucht!

Karoline. O dann ist ja — (für sich) Alles gut? Nein, nicht für das arme Mädchen! Ihr Wilhelm bleibt Rekrut! (Sie geht lebhaft auf und nieder.) Ein Mittel — ein einziges Mittel dürfte es geben ihn zu befreien, armes Kind, — aber Du wirst es nicht ausführen können. —

Minette. O sprechen Sie, gütigste Durchlaucht! Was möchte ich nicht Alles thun können, wenn's nur menschenmöglich ist!

Karoline. Sieh, ich glaubte, der neue Rekrut sei der berühmte Doktor Göthe; Diesem will der Landgraf mir zu Liebe seine Freiheit schenken! Wenn Du nun Göthe aufsuchtest — Du wirst ihn beim Kriegszahlmeister Merk finden — und ihn bewegen könntest, sich statt Deines Wilhelms dem Landgrafen als Rekrut vorführen zu lassen, so hätten wir gewonnenes Spiel.

Minette (jubelnd). Ja, ja, so wird es gehen, gütigste Durchlaucht. Was wär's denn auch? Kann er jungen Mädchen mit Sträußen nachlaufen und mit ihnen schön thun, — wie er mir gethan — so mag er denn auch sehen, was er angerichtet hat, und es wieder gut machen!

Karoline. Du willst's also versuchen?

Minette. Ob ich will! Er muß! Er muß!

Karoline. So will ich Dir das Wichtigste dazu verschaffen. Die Zeit es auszuführen, und verhindern, daß Dein Wilhelm dem Landgrafen vorgeführt werde. (Sie schreibt eilig ein paar Zeilen). Das ist für den Offizier du jour, sobald Du Göthe gesprochen hast. (Gibt ihr den Zettel.) Du aber plaudere zu Niemandem von unserm Plane; das gäbe unnützes Geschwätz und könnte dem Landgrafen zu unrechter Zeit zu Ohren kommen. Göthe soll sich auch dem Offizier nicht nennen, sondern nur als Stellvertreter für den Rekruten melden. (Links ab.)

Indem Minette durch die Mittelthüre abgehen will, tritt Bredern ein; hinter ihm Wilhelm.

Sechste Szene.

Minette, Bredern, Wilhelm.

Bredern. Ah, das schöne Gärtnerkind! Darf sich Apoll der schönen Flora nähern?

Wilhelm (für sich) Aha, das ist der Herr Apoll, bei dem der Blumensprachmeister im Dienste steht. (Minette ist mit einem schüchternen Knix zurück an die Seite Wilhelms getreten.

Bredern (zu Wilhelm). Er hat auf der Wache zu warten, bis auf weitere Ordre Seiner Durchlaucht.

Minette (Wilhelm anstoßend). Merkst Du? Das hat die Frau Landgräfin schon ausgefochten für uns; jetzt lauf' ich für Dich! (ab.)

Siebente Szene.

Bredern, Wilhelm.

Bredern (in seinem Hefte blätternd, deklamirt, indem er sich dorthin wendet, wo er noch Minette glaubt:)
  „Wie Phöbus auf dem Sonnenwagen —"
(aufblickend zu Wilhelm) Ah! — hat Er mich verstanden?

Wilhelm. Ne!

Bredern. Er soll auf die Wache!

Wilhelm. Wollen Euer Gnaden unterthänigst erlauben, eine Frage zu riskiren?

Bredern (in seinem Hefte lesend:)
  „Die Philomele ihm entgegen röchelt — —"
Was will Er?

Wilhelm. Halten zu Gnaden, es ist da ein junger Herr, der den ganzen Morgen im Schloßgarten herumläuft und Blumen=

sprache spricht; belieben Euer Gnaden ergebenst auf diesen
Ker — auf diesen jungen Herrn ein Auge zu haben. —

Bredern. Was — von wem schwatzt Er da?

Wilhelm. Der Ker — der junge Mensch besagt sich als Diener
bei Seiner Gnaden dem Herrn Apoll, und da ich ver‍-
nommen, wie Euer Gnaden sich der Minette — Minette
heißt sie, nicht Flora — als Apoll offerirten, so denk' ich —

Bredern. So denk' ich, daß Er ein konfuser Esel ist. Pack
Er sich! (geht in seine Lekture vertieft ab.)

Wilhelm. Esel —? Na, dem könnte etwas Blumensprache auch
nicht schaden.

Achte Szene.

Wilhelm. Gräfin.

Gräfin (hastig aus der Seitenthür rechts) Man hat ihn gebracht,
— Göthe soll hier sein! — Ha, er ist es! (zu Wilhelm, der
abgehen will) Mein Herr —

Wilhelm (für sich). Wie? Spricht sie zu mir?

Gräfin (für sich). Diese Gestalt — Dieser Blick! So blickt der
Mann, der den Werther geschrieben! (laut) Mein Herr —

Wilhelm (für sich). Es geht doch mich an; 's ist Niemand sonst
hier! (laut) Euer Gnaden befehlen —

Gräfin. Nicht so! Ich weiß, wen ich vor mir sehe, darum
nicht so!

Wilhelm (für sich) Nun zum Kukuk! wenn sie weiß, wen sie
vor sich hat, warum diese Faxen? (laut) Halten zu Gnaden.

Gräfin. Nein, in einem Augenblicke, wo zwei Seelen sich be‍-
gegnen, die sich verstehen, nicht diese kalte, gewöhnliche
Sprache einer kalten, gewöhnlichen Welt!

Wilhelm (verblüfft). Je nun — gewöhnlich ist's nicht, daß
Unsereins mit — so Jemand — spricht; da wird einem
schon warm.

Gräfin (für sich). Wie liebenswürdig! (laut) Lassen Sie auch
mich sprechen, wie es mir — einer solchen Erscheinung
gegenüber — nur möglich ist zu sprechen! Lassen Sie mich
Ihnen meine innere Welt zeigen, die, erst noch eine öde,
dunkle Stätte, nun eine Blumenwelt voll Duft und Blüthen‍-
pracht geworden, Dank dem schöpferischen Worte des holden
Gärtners!

Wilhelm (für sich) Weiß der Kukuk, von welchen Blumen die
schwatzt! Ich hab' doch nie mit der Person zu thun gehabt!
(laut) Ja — bitte — der Gärtner bin ich!

Gräfin. Der Mann sind Sie, auf den das deutsche Vaterland
 mit Stolz blickt!
Wilhelm. Auf mich?
Gräfin. Den Dichter begrüße ich —
Wilhelm. Den Dichter! So, so! Hat man Ihnen auch schon
 gesagt von — von meiner Poeterei?
Gräfin. Mein Herz würde es mir gesagt haben, wenn sonst
 Niemand! Ich, die Erste, würde der Welt den Poeten zeigen.
Wilhelm. Ne, halten zu Gnaden, aber die Erste sind Sie wirk-
 lich nicht. Man hat mir schon gesagt — erst heute noch —
 daß so etwas von einem Poeten in mir steckt.
Gräfin. Mag die Welt Ihnen lärmend ihren Beifall zollen,
 glauben Sie nur, daß auf dem tiefsten Grunde eines stillen
 Frauenherzens des Dichters Worte wie köstliche Perlen
 schimmern!
Wilhelm. O bitte, bitte! (für sich). 'S ist ein närrisches Ding!
Gräfin. Wie sollte das Herz dem nicht entgegenschlagen, der
 die Macht hat, es mit Einem Worte, mit einem einzigen
 Verse zu bewegen —
Wilhelm. O auch zwei Verse, wenn Sie wollen! (deklamirt)
 „Wenn der Abend purpurn niederdunkelt,
 „Dem Sterne gleich dein schönes Auge funkelt —"
Gräfin (außer sich). Mir das — mir diese süßen Klänge!
Wilhelm. (für sich). Sapperment, die ist ganz versessen auf
 Reime!
Gräfin (träumerisch vor sich hin).
 „Dem Sterne gleich dein schönes Auge funkelt!"
 (sie nimmt eine Schleife von ihrer Brust und heftet sie Wilhelm
 auf den Rock). Dem zarten Sänger ein zarter Frauenlohn!
Wilhelm (für sich). Was fang ich damit an? Ein harter Thaler
 wär' mir lieber!
Gräfin (für sich). Julie, nun ist es Zeit zu handeln! — (laut).
 Edler Sänger, folgt mir!
Wilhelm. Wie? Wohin denn?
Gräfin. Sie sehen ein weibliches Wesen vor sich, das sein Leben
 daran setzen will, Sie zu retten.
Wilhelm. Mich zu retten?
Gräfin. Aus der Gewalt des Landgrafen. Sie dürfen diesen
 Rock nicht tragen. Vertrauen Sie sich mir; ich fühle den
 Muth in mir, Sie zu befreien.
Wilhelm. Wirklich? wären Sie kapabel? Aber die Landgräfin
 will mich auch —

Gräfin. Sie hat den Zorn des Landgrafen zu fürchten, dem ich Trotz biete. Ich beschwöre Sie, mich zur Glücklichsten im ganzen deutschen Vaterlande zu machen! Folgen Sie mir — Sie müssen fort, es ist hohe Zeit!

Wilhelm. Wollt's Gott, ich wär' davon! Aber wohin?

Gräfin (winkt nach ihrer Thür). Folgen Sie mir!

Wilhelm (zögernd). Da hinein?

Gräfin (mit niedergeschlagenen Augen). In mein Zimmer. Ich fühle, was ich wage, allein ich fühle auch, daß in diesem Augenblick ganz Deutschland die Augen auf mich richtet.

Wilhelm (für sich). Was sie immer ganz Deutschland dabei haben muß!

Gräfin. Kommen Sie!

Wilhelm. 's ist eine bedenkliche Sache —

Gräfin. Ich verstehe Ihr männliches Zartgefühl, das den Ruf einer Frau nicht auf's Spiel setzen will.

Wilhelm (für sich). Nu, nu, Dich werd' ich nicht beißen! (Laut.) 's ist nur — weil da draußen im Vorsaal die Ordonanz steht, die mich erwartet.

Gräfin. Lassen Sie sie warten —

Wilhelm. Wenn Sie mich dann doch fangen, dann geht's mir erst recht schlecht.

Gräfin. In meinem Zimmer wird Sie Niemand suchen; dort erwarten Sie die Dämmerung, ich führe Sie dann über die heimliche Treppe zu meinem Wagen, der Sie in einigen Stunden über die Grenze bringt.

Wilhelm. Meiner Treu, man sollte meinen, es ginge —

Gräfin. Man kommt! Um's Himmelswillen, hinein! (Sie drängt ihn hinein.)

Neunte Szene.

Gräfin. Bredern.

Bredern. Ach, Comtesse, ich befinde mich in einer verzweifelten Lage! Imaginiren Sie sich: Ihre Durchlaucht, die Frau Landgräfin interessirt sich, ich weiß nicht warum, für einen Lümmel von Rekruten — — —

Gräfin (indignirt). Bredern! — (Für sich.) Nicht Allen ist es gegeben, den Genius zu erkennen! (Laut.) Was wollen Sie sagen?

Bredern. Die Landgräfin will den Menschen befreit wissen, und gedenkt zu diesem Zweck an seiner Statt dem Landgrafen einen Ersatzmann unterzuschieben. Bis dieser sich einfindet, soll ich durchaus verhindern, daß der Rekrut dem Landgrafen vorgeführt werde. Sie begreifen, Comtesse, daß, wenn der Landgraf dahinter kommt, ich auf das entsetzlichste kompromitirt bin, und Durchlaucht in ihrem Zorne mich nicht nur nicht zum Major, sondern überhaupt zu gar nichts macht!

Gräfin. Heißen Sie diese kleinlichen Bedenken schweigen, denn — hören Sie mich, Bredern: dieser Rekrut ist — Göthe!

Bredern. Göthe? — Es ist nicht möglich!

Gräfin. Es ist gewiß! Und ich werde ihn befreien!

Bredern. Aber ums Himmelswillen — Comtesse — —

Gräfin. Kein Wort! Mir soll die That gehören; und ist sie gethan, dann gehen Sie und verrathen Sie mich!

Bredern (nach einigem Besinnen). Ich gehe — einfach, dem Offizier du jour den Wunsch der Landgräfin zu melden! (Ab.)

Zehnte Szene.

Gräfin. Karoline und Minette von links.

Karoline. So sprich! — Was ist geschehen?

(Die Gräfin zieht sich zurück, bleibt aber bei den ersten Reden Minettens im Hintergrunde lauschend stehen.)

Minette. O, gnädigste Durchlaucht, welches Unglück! Der Herr Doktor Göthe ist nirgend, in der ganzen Stadt nicht zu finden. Im Merk'schen Hause wissen sie schon seit dem Morgen nichts mehr von ihm. Niemand hat eine Ahnung, wo er geblieben sein kann, da er doch ganz fremd hier ist. Man hat ihn schon gesucht, in den Anlagen, in den Wirthshäusern, nirgend auch nur eine Spur von ihm! O, mein Gott, nun ist Alles wieder so schlimm, wie's war, und der Wilhelm wird nun doch Soldat werden müssen! (Bricht in Weinen aus.)

Karoline. Und seit dem Morgen, sagst Du, ist der Doctor verschwunden? Und er ist nicht abgereist?

Minette. O nein, Durchlaucht, er hat ja alle seine Sachen bei Merks; nirgends, nirgends ist er!

Karoline. Minette, welcher Gedanke kommt mir da! Das wäre ja schrecklich! — Sage mir, wer hat die Thüre zu meiner Grotte gesperrt, als ich diese verließ?

Minette. Der Vater, als er mich von der Wache, wohin ich in meinem Jammer mitgelaufen war, zurückgeschleppt, hätte mich beinahe mißhandelt, als er die Grottenthür offen fand; ich rettete mich in mein Zimmer, wo ich ihn die Thür zuschlagen hörte.

Karoline. Es ist so, es ist wahrlich so, wie ich denke! — Durch die Thür, die Du Unglückselige heute offen gelassen, hatte sich der junge Göthe in die Grotte verirrt.

Minette. Wär's möglich!

Gräfin (für sich). Göthe? —

Karoline. Ich verließ die Grotte, und befahl ihm, eine Weile zurückzubleiben, und dein Vater, der weiß, daß ich einen Hauptschlüssel besitze, und die Thür immer geschlossen haben will, auch wenn ich darinnen bin — wird' ihn eingeschlossen haben.

Gräfin (für sich). Und ich habe diesen Bengel in mein Schlafzimmer eingeschlossen! Entsetzlich! (Rasch rechts ab.)

Minette (hüpfend vor Freude, und in die Hände klatschend). Ach, Durchlaucht, das ist ja prächtig! Da haben wir ihn ja fest, und lassen ihn gar nicht eher los, als bis er thut, wie wir wollen!

Karoline. Geh nur schnell, Minette, seinen Kerker zu öffnen. Ich will indeß den Landgrafen hinzuhalten suchen. Alles hängt davon ab, unsern Poeten noch zu rechter Zeit deinem Wilhelm unterzuschieben. (Ab.)

Eilfte Szene.

Minette. Gräfin zurück, von Wilhelm gefolgt.

Minette (im Abgehen begriffen, erschreckt). Wilhelm!

Gräfin (halblaut zu Wilhelm). Untersteh' er sich nicht mehr, mein Zimmer zu betreten.

Wilhelm. Aber Euer Gnaden haben mich ja — eingeladen —

Gräfin (wie oben). Schweigt über das, was zwischen uns vorgefallen, oder ich lasse euch augenblicklich vor den Landgrafen führen. — Und jetzt fort zur Grotte — zu ihm! (Ab.)

Wilhelm. Nun seh mir Einer die Närrin! Erst thut sie mir schön und dann wird sie grob!

Minette. Aber was — um Gotteswillen — steckst Du denn immer hier? Bleib doch auf der Wachtstube, bis wir Dich befreit haben!

Wilhelm. Aber wer, in's Teufels Namen, wird mich denn eigentlich befreien? Die (nach der Seite zeigend, wo die Gräfin abgegangen) oder Du, oder die Landgräfin? Wenn ihr's nicht besser anzufangen wißt, als die verrückte Versefresserin da, so läßt mich der Hauptmann Apoll draußen noch als Deserteur abfassen!

Minette. Ich gehe mit Dir zum wachhabenden Offizier, ich habe Geschriebenes von der Durchlaucht für Ihn — komm nur! (Wilhelm nach sich ziehend, ab.)

Verwandlung.
In der Grotte.

Zwölfte Szene.

Göthe (aus dem Hintergrunde schreitend). Nichts zu sehen, noch zu hören! — Will man mich hier Hungers sterben lassen? Es scheint mir ein hübscher Anfang dazu gemacht! — (Nach einem Blicke in sein Heft, spricht er langsam und sinnend, wie wenn er Gelesenes wiederholte.)
— Es übergibt Dein erstes Wort
Mich Freien der Gefangenschaft. Es sei!
Du hältst es Recht. Dein heilig Wort verehrend,
Heiß ich mein inn'res Herz im Tiefsten schweigen.

Dreizehnte Szene.

Göthe. Gräfin und Allgeier treten aus dem Gange im Hintergrunde.

Gräfin. Er ist es! Er ist da!

Allgeier. Mein Seel! Ein Fremder!

Gräfin. Schweigt! — So muß er aussehen! Das kann nur Er sein!

Allgeier. Das hat man nun davon! Solch neugieriges Volk bringt Einen noch in's Unglück! Was hat der Musje da hereinzuschleichen nöthig gehabt?

Gräfin. Schweigt und entfernt Euch!

Allgeier (im Abgehen brummend). Wer weiß! — Es sind zwar nur Bücher da, aber es hat mir einmal Einer gesagt, aus denen könnte auch gestohlen werden.

Gräfin. Julie, der Augenblick ist gekommen: Du wirst ihn aus seinen poetischen Träumen wecken. (Tritt zu einer Büste, der sie den Lorbeerkranz abnimmt und sich dann in einer malerisch sein sollenden Stellung auf das Piedestal der Büste stützt, den Blick auf Göthe.)

Göthe (wie oben).
„Mir verstummt die Lippe.
War's ein Verbrechen? Wenigstens es scheint,
Ich bin als ein Verbrecher angesehn,
Und was mein Herz auch sagt: ich bin gefangen!

Gräfin (ihren Arm mit dem Lorbeer gegen Göthe ausstreckend.) Er ist frei, der holde Sänger!

Göthe (erschreckt auf sie blickend). Wer — ist das?

Gräfin. Ich bin ein Weib; — lassen Sie mich nichts mehr sein in diesem schönsten Augenblicke, der mir erlaubt, dem Dichter auf seinen dunkeln Lebenswegen zu begegnen!

Göthe (für sich). Hm! Die ernüchtert mich ganz und gar! (Laut.) Madame, wem habe ich meine wieder erlangte Freiheit zu danken?

Gräfin. Der Begeisterung eines — glauben Sie mir — nicht gewöhnlichen Frauenherzens, das wohl mehr, das Alles für Sie zu vollbringen vermöchte!

Göthe (für sich; verneigt sich, indem er ein Gähnen unterdrückt). Man soll mich endlich ziehen lassen; das wäre das Gescheidteste!

Gräfin. Ich träumte einen Augenblick lang den entzückenden Traum, Ihnen näher zu treten, für Sie handeln zu dürfen! Ich träumte, ein Blatt aus dem Lorbeer, den die Welt auf diese Scheitel drücken wird, mein nennen zu dürfen; in einem der Strahlen, den Ihr Genius versendet, der Welt sichtbar zu werden. —

Göthe. O Madame — (heimlich gähnend, für sich). Beim Zeus! Mir ist als spürt' ich Appetit! — Das zieht zur Wirklichkeit mich nieder: der Magen knurrt, die Erde hat mich wieder!

Gräfin (für sich). Er ist erschüttert! (Tritt mit hocherhobenem Lorbeer auf ihn zu.) Der Genius des Ruhmes ist's!

Göthe (ausweichend). Madame — ich bin, in der That, sehr dankbar — gerührt; nur fürchte ich, daß meines Bleibens hier nicht länger sein kann; daß ich — aus Versehen — hier zum Eindringling geworden —

Gräfin. Hier nicht Ihres Bleibens! Welcher Ort wäre Ihrer und — ich darf es sagen — meiner würdiger! Wir mußten uns hier finden. Lassen Sie mich die Weihe dieser Stunde — (tritt wieder auf ihn zu, um ihn zu bekränzen).

Göthe (ausweichend, für sich). Welche zudringliche Person! (Laut.) Sehr gütig, Madame; doch — verweile ich — dünkte mich, schon den ganzen Tag über hier, und — glauben Sie mir, der Dichter hat auch Momente — wo die Stimme der Natur —

Gräfin. Mächtiger durch den holden Geist der Einsamkeit zu ihm spricht! Wie ich Sie verstehe!

Göthe (immer ungeduldiger.) Nicht so ganz, Madame; ich will sagen, daß nach langen, durchträumten Stunden der Dichter endlich —

Gräfin. Endlich sagen will — in's Leben rufen will, was er auf dem tiefsten Grunde seiner Seele erschaut! Sagen Sie es! Lassen Sie diesen Busen den Altar sein, auf den die Himmelsflamme des Genius niederzückt —

Göthe (ausbrechend). Ah Madame, lassen Sie mich Ihnen ehrlich gestehen, daß ich in diesem Augenblick in einer Verfassung bin, wo mir ein gastliches Küchenfeuer mit einem schönen Braten dabei lieber wäre, als alle übrigen Flammen der Welt!

Gräfin. Ein — Bra — ten?!

Göthe. Nehmen Sie mir's nicht übel, Madame, aber glauben Sie mir, daß auch Dichter — besonders wenn man sie einsperrt — hungrig werden können, und sehr! Ich bin's, Madame, und ich bekenne bemüthig, daß ich vor allem Andern zu essen wünsche.

Gräfin. Er — will — essen!

Vierzehnte Szene.

Vorige. Minette in großer Hast.

Minette. O Gott sei Dank, daß Sie da sind, Herr Doctor! Um's Himmelswillen, kommen Sie geschwind mit mir in's Schloß! Aber nur geschwind!

Göthe. In's Schloß — zur Landgräfin?

Minette. Nein, zum Landgrafen, sie müssen Rekrut werden, aber nur geschwind!

Göthe. Was? Ich, Rekrut werden?

Minette (mit halber Stimme). Ja, das müssen Sie! Sehen Sie, Herr Doctor, Sie sind schuld daran, daß der Wilhelm in seiner Eifersucht auf Sie, Scandal gemacht hat, und daß man ihn nun dafür unter die Soldaten stecken will. Die Durchlaucht aber glaubt, daß Sie es sind, den die Wache draußen im Garten festgekriegt hat; da hat nun die Frau Landgräfin gar schön für Sie gebeten, und da will der Herr Landgraf Sie wieder los geben — Sie! Und darum müssen Sie für Wilhelm einstehen, daß er frei wird!

Göthe. Muß ich? Hören Sie, mein schönes Kind, das ist viel verlangt, daß ich mich in den Rekrutenkittel stecken soll! Wenn der Wilhelm eine Dummheit gemacht hat, wie komme ich dazu, diese gut machen zu sollen?

Minette. Ja freilich hat der Wilhelm eine Dummheit gemacht, aber nur weil der Herr Doctor schon vorher eine gemacht hat.

Göthe. O! Welche Dummheit habe ich denn gemacht?

Minette. Ja — Sie haben mir schön gethan, haben mir einen Blumenstrauß geschenkt, — da oben in meinem Zimmer zum Fenster hinausgesehn —

Göthe. Liebes Kind, wenn man für so etwas schon zum Soldaten gemacht werden soll, dann könnte ich an Dir zum General werden!

Minette (weinend). Spaßen Sie nur! Für alles das soll nun der Wilhelm Soldat werden! Ich springe in's Wasser, wenn Sie nicht statt ihm Rekrut werden!

Göthe. Und wenn ich das Unglück hätte, den Landgrafen zu gefallen, und er mich am Ende doch zum Soldaten machte?

Minette. Nein, nein! Ich sage Ihnen ja, die Frau Landgräfin wird Sie los bitten!

Göthe. Wohlan denn; und wäre es nur, um die herrliche Fürstin noch einmal zu sehen, komm! Ich will Rekrut werden!

Minette. Ach, Sie liebster Doctor, Sie!

Göthe (faßt sie an der Hand). Das aber sage ich Dir: wenn ich etwa nicht loskomme und Soldat werden muß, dann mußt du Marketenderin werden und mit mir ziehen!

Minette (mit dem Finger drohend). Das müßte ich mir noch bedenken!

Göthe. Auf, zu den Waffen! (eilt Hand in Hand mit Minette ab).

Gräfin (wie aus ihrer Betäubung erwachend). Er hat mich nicht verstanden!

Der Vorhang fällt.

Dritter Akt.

Beim Landgrafen.

Erste Szene.

Bredern, dann Karoline.

Bredern (lachend zur Mittelthüre herein). Der große Poet, der große Göthe! Unten sitzt er und ist — (tippt sich mit erneutem Gelächter an die Stirne). Was gäb' ich d'rum, könnte ich den Damen jetzt ihren Abgott präsentiren! — Wenn ich nur Julie zu Gesicht bekäme! Sie hat sich — ohne mir etwas Näheres über ihre rettende That mitzutheilen — unsichtbar gemacht. Und die Landgräfin —? (tritt horchend der Thüre links näher). Noch! — Es ist kaum zu glauben! Da liest die Landgräfin ihrem Gemal den Götz von Berlichingen vor und der Landgraf hält still dazu. Er scheint ganz elektrisirt von dem Ding!

Karoline (hastig ein offenes Buch in der Hand). Hauptmann, es bleibt bei unserer Verabredung: helfen Sie mir den Landgrafen um jeden Preis so lange hinhalten, bis ihm statt des Rekruten der Ersatzmann vorgeführt werden kann.

Bredern (sich verneigend). Durchlaucht — —

Karoline. Leider werde ich mit meiner Lektüre bald zu Ende sein, daher habe ich den Präsidenten Schwarzenau herüber bitten lassen, damit er den Landgrafen mit seinen Akten und Vorträgen beschäftige.

Bredern. Ihre Durchlaucht verzeihen, allein ich glaube, daß diese Verfügungen nicht nöthig sind.

Karoline. Wie so?

Bredern. Es ist in dieser Angelegenheit ein Umstand eingetreten, der mich zwingt, Ihrer Durchlaucht gegenüber — eine Indiskretion zu begehen.

Karoline. Welcher Umstand — warum Indiskretion?

Bredern. Verzeihung, Durchlaucht, allein — ich weiß — nur durch Zufall! — daß es — Göthe ist, um den es sich handelt.

Karoline. Sie wissen das?! Das thut mir leid; ich wollte Sie damit überraschen. Nun denn, Bredern — sagen Sie schnell, was Sie mir zu sagen haben; ich muß wieder zum Landgrafen —

Bredern. Durchlaucht, der Poet ist in diesem Augenblick in — (achselzuckend) einem Zustande, der es vielleicht unmöglich macht, ihn dem Landgrafen vorzustellen.

Karoline. Mein Gott, in welchem Zustande — wo ist er — was ist geschehen?

Bredern. Bitte, Durchlaucht, es ist nichts ernstlich Beunruhigendes; es ist eben — etwas Menschliches, das dem Poeten begegnet...

Karoline. Etwas... sprechen Sie doch — was denn?

Bredern. Er ist — betrunken.

Karoline (aufschreiend). Bet... Nein, nein! Göthe bet... nein! es ist nicht möglich!

Bredern (achselzuckend). Es wurde mir gemeldet, wie etwas — das man Rekruten gewöhnlich hingehen läßt. (Die Thüre links wird geöffnet.)

Karoline. O mein Gott, der Landgraf! — Bredern, lassen Sie Alles, wie es ist! Es soll Nichts geschehen, bis ich Sie wieder sprechen kann. (Eilig links ab.)

Zweite Szene.

Bredern, dann Wilhelm.

Bredern (lachend). Das hat getroffen! Der gefeierte Poet, der Lieblingspoet besoffen wie irgend ein Bauernlümmel im Rekrutenrock! Das ist wohl dazu gemacht, die romantischen Rettungsgedanken etwas verflüchtigen zu lassen. — Und jetzt will ich handeln! Ich werde ihn retten, meine Damen, aber für eigene Rechnung; mir soll Göthe danken! — Ich will ihn sprechen, augenblicklich — und hier! Kommt die Fürstin oder Julie dazu — um so besser! Das soll ihrer Bewunderung den Todesstoß und mir Genugthuung geben für die Papilloten, zu welchen man meine Gedichte verwendet! (Geht an die Mittelthüre, hinausrufend.) Den Rekruten! — Wollen sehen, wie viel ihm von seinen Sinnen noch übrig geblieben, um zu verstehen, daß ich ihn mir verbindlich machen will. — Was er diesen Morgen sprach, schien mir ganz dummes Zeug; — behandelte ihn auch ganz miserabel! Er soll eine bessere Meinung von mir bekommen; — er ist nun einmal der Poet der Mode — hat das öffentliche Geschrei für sich — ah, da ist er! (Wilhelm erscheint und bleibt an der Thüre in soldatischer Haltung stehen. Er ist die ganze Szene hindurch bemüht, seine Trunkenheit durch mehr oder weniger erfolglose Anstrengungen zu verbergen.)

Wilhelm (f. s.). Weiß der Teufel: ist mir die Desparation oder der Wein zu Kopfe gestiegen?

Bredern (Wilhelm beobachtend, f. s.). Er hält sich so ziemlich; vielleicht läßt sich reden mit ihm (laut). Mein Herr, ich bitte — (mit einladender Handbewegung Wilhelm winkend, vorzutreten). Bitte, bemühen Sie sich.

Wilhelm (ohne sich zu rühren, f. s.) Was? Meint er mich?

Bredern (wie oben). Bitte, treten Sie näher; wir sind hier unter uns.

Wilhelm (f. s.). Na, der hat eine kuriose Art, mit Rekruten umzugehen (bemüht sich, einige Schritte in militärischem Tempo vorwärts zu thun).

Bredern. Sehr gut! Charmant! Sie halten sich wie ein alter Soldat (Pause, indem er zu erwarten scheint, daß Wilhelm spreche). Ich bewundere die Fassung, mit der Sie sich in eine, wie Sie glauben, unvermeidliche Situation zu finden wissen. Sie zeugt jedenfalls von Entschlossenheit — Muth — —

Wilhelm. J ja, an Courage fehlt's mir nicht!

Bredern. Wie gesagt, mein Herr, wir sind hier unter uns — für ein Paar Minuten wenigstens. Ich bitte also, sich ganz und gar gehen zu lassen.

Wilhelm (f. s.). Was? Gehen lassen will er mich wieder? Das Kommando kann man nicht verstehen.

Bredern (deutet auf ein Fauteuil). Ist es gefällig?

Wilhelm (sehr verwundert und sehr unbeholfen). Wenn Euer Gnaden befehlen — (f. s.). Hol' mich der Teufel, aber kurios ist's (setzt sich).

Bredern (f. s.). Schade, daß die Damen das nicht mit ansehen können! (setzt sich). Sie begreifen das Interesse, das wir Alle hier an Ihrer Person nehmen; namentlich ist es, nach dem Mißverständnisse von heute Morgen, an mir, einem Manne, dessen ausgezeichnetes poetisches Talent —

Wilhelm. Merkwürdig. Haben auch schon davon gehört — von meiner Poeterei —?

Bredern. Ob ich davon gehört! Was denken Sie von mir, mein Herr?

Wilhelm. J nu, es passirt mir gerade nicht so oft, mich mit derlei zu befassen; so hie und da, dann und wann einmal ein paar Verslein!

Bredern. Dann bewundere ich Sie um der Leichtigkeit willen, mit der Sie schaffen! Vielleicht kann es diesem Gefühle meiner Bewunderung für Sie einigen Werth in Ihren Augen verleihen, wenn Sie erfahren, daß ich — wie Freunde behaupten — unter den Jüngern Apollo's nicht der letzte bin —

Wilhelm. So, so! Einer von den jüngeren? — Hm! eine große Familie — die Apollo's — (s. f.). Was scheert's mich?

Bredern (verblüfft s. f.). Soll das ein Scherz sein? (gezwungen lachend, in welches Gelächter Wilhelm aus Höflichkeit einstimmt). Haha! Ja wohl — eine große Familie! — Sie werden es daher begreiflich finden, daß ich — Ihnen näher zu treten wünsche —

Wilhelm (steht rasch auf). Bitte — ich bin ja da!

Bredern. Sie sind sehr liebenswürdig! Um mich bei Ihnen zu legitimiren, werden Sie erlauben, Ihnen eine Sammlung meiner Gedichte zu verehren (zieht ein Buch hervor und präsentirt es Wilhelm). Wenn Sie, da wir eben Muße dazu haben, einige der gelungenen Poesien lesen wollen, würde es mich sehr interessiren, Ihre Meinung zu hören —

Wilhelm (mit abwehrender Geberde). Ne, ne! Ich danke, danke!

Bredern. Wie? — Erlauben Sie, Sie werden doch —

Wilhelm (wie oben). Ne, danke, danke! Wenn ich auch einmal ein paar Reime mache, so lese ich doch solches Zeug nicht! 'S ist mir nicht möglich!

Bredern (schweigt einen Augenblick, ihn anstarrend). Ich begreife nicht, mein Herr — wie Sie mir das — in's Gesicht sagen können —

Wilhelm. Bitte doch ein Einsehen zu haben! So ein dickleibiges Ding da! (zeigt auf das Buch). Da kann man Gott weiß wie lang darüber hersitzen, bis man das fertig kriegt!

Bredern. Herr — Sie sind von einer Insolenz —

Wilhelm. Aber halten zu, Gnaden, Herr Apoll —

Bredern (wüthend, greift nach dem Degen). Sie wagen es, mich zu höhnen? — Doch — dieser Rock schützt Sie jetzt vor einer wohlverdienten Züchtigung! Aber ich rathe Ihnen, — wenn die — Flasche Ihnen noch so viel Besinnung übrig gelassen, — pochen sie nicht zu sehr auf den Schutz, den Ihr unverschämter Dünkel hier zu finden hofft! (ab).

Wilhelm. So fahr' doch der Satan d'rein! Sind die Herrschaften hier alle verrückt? Erst thun sie so süß und freundlich mit mir, und dann werden sie auf einmal wieder sackgrob! (im Abgehen, kopfschüttelnd). Sapperment, wenn das Versemachen Allen so schlecht bekommt, wie mir, so hol' der Teufel das Metier! (ab.)

Dritte Szene.

Göthe, Minette, dann Karoline.

Göthe. Werde ich die Landgräfin sehen, werde ich sie sprechen?

Minette. Aber das ist ja gar nicht nöthig, Herr Doktor; dazu haben Sie später Zeit! Ich will's ihr schon sagen, daß Sie da sind; indessen sollen Sie essen. Durchlaucht hat befohlen, Ihnen zu serviren. Nachdem Sie so lange eingesperrt waren, müssen Sie doch Hunger spüren.

Göthe. Hier, in *ihrer* Nähe, fühle ich ihn nicht mehr. — Mein schönes Kind, die edle Fürstin, möge mir nur Ein Wort, nur Einen Blick schenken, dann machen Sie mit mir, was Sie wollen!

Karoline (rasch aus ihrer Thüre; als sie Göthe erblickt, weicht sie mit einem halb unterdrückten Schrei scheu zur Seite). Da ist er!

Göthe (für sich). Sie ist es, die Herrliche!

Karoline (Göthe angstvoll von der Seite betrachtend, für sich). Er ist bleich — und dieser Blick — o! —

Minette. Durchlaucht, der Herr Doktor —

Karoline. Schweig! (Sie nimmt Minette bei Seite). Wie kannst Du dich unterstehen, mir ihn jetzt vor die Augen zu bringen?

Minette (verwundert). Jetzt? — Aber gütigste Durchlaucht wissen ja, es ist keine Zeit zu verlieren — wegen Wilhelm — —

Karoline. Du denkst nur an Dich, Du rücksichtsloses Kind! Mir ihn in diesem Zustande zu bringen!

Minette (verwundert auf Göthe blickend). In diesem Zustande? — Aber, Durchlaucht, — der Doktor sieht ganz reputirlich aus.

Karoline. Wo hast Du denn deine Augen? Besieh Dir ihn nur, wie er aussieht und wie er nach mir stiert — oh! —

Göthe (für sich). Wie sie strenge blickt, zürnet sie mir noch?

Minette. Ja — Durchlaucht — der Doktor da — wenn Sie es nicht wären, liebste Durchlaucht, so möcht' ich mich unterstehen, zu sagen, der Doktor — ist — —

Karoline. Ja, ja, sag' es nur; er ist —

Minette. Verliebt in Durchlaucht.

Karoline (entrüstet). Minette!

Minette. Ja, Durchlaucht, der Doktor, das ist schon so ein Mensch!

Karoline. Ich will Dir sagen, Närrin, was der Doktor ist: er ist betrunken!

Minette. Be—trunken?! — Aber um's Himmelswillen, Durchlaucht, von was — wo — woher sollte er betrunken sein? Ich komme ja mit ihm geraden Weges aus der Grotte —

Karoline. Er wird nach der langen Nüchternheit meinem gouté zu unvorsichtig zugesprochen haben.

Minette. Er hat nichts berührt, Durchlaucht!

Karoline. Was sagst Du?

Minette. Er war nicht zu bewegen, etwas zu genießen; er wollte durchaus erst Durchlaucht sehen!

Karoline. Was soll ich glauben? Ich will mich selbst überzeugen. (Nähert sich Göthe zögernd).

Göthe (für sich). Was wird sie mir sagen?

Karoline. Ich höre mit Bedauern, daß Sie den Tag über in meiner Grotte eingeschlossen —

Göthe (wie zerstreut). Den Tag über? —

Karoline. Seit dem Morgen, ohne Speise und — — Trank — und Sie haben es wohl gar nicht bemerkt?

Göthe. Doch! Ich erinnere mich, daß Niemand mich zu stören kam.

Karoline (für sich). Sein Gedächtniß scheint nicht sicher! (Laut.) Wenn Sie verschmachteten, so war ich Ihre Mörderin.

Göthe. Sie sehen — ich bin nicht verschmachtet.

Karoline (für sich). Was ist er denn, wenn nicht — verschmachtet? Diesen Morgen so feurig und jetzt diese Ruhe! (Laut.) In der That, Sie nehmen das Ungemach so liebenswürdig auf wie möglich; und nun, statt aller Entschädigung, stellt dieses arme Mädchen ein Verlangen an Sie, daß — ich fürchte sehr — —

Minette. Nein, nein, Durchlaucht, fürchten Sie nicht (mit bittender Geberde gegen Göthe) der Herr hat mir versprochen —

Karoline (freudig). Hat er? O das ist edelmüthig von ihm! (Nach einer augenblicklichen Pause, für sich). Sollte er gereizt über die fatale Gefangenschaft sein? Mich dünkt, ich schulde ihm eine kleine Entschädigung. (Tritt ihm näher, laut.) Sagen Sie mir, was soll ich thun, damit der Gedanke an diesen Tag Sie nicht von nun an verstimme? Es würde mich herzlich freuen, Ihnen einen Wunsch gewähren zu können, einen Beweis meiner Theilnahme zu geben — wär's auch nur ein Andenken aus meiner Grotte, aus meinem bisher unnahbaren Asyl! In der That, ein kleines Schmerzensgeld bin ich Ihnen schuldig!

Göthe (lebhaft). Schuldig? Sie mir, Fürstin? O wüßten Sie, was ich diesem Tage, was ich Ihnen verdanke — denn wahrlich:

Was auch in meinem Liede wiederklingt,
Ich bin nur Einer, Einer Alles schuldig.
Es schwebt kein geistig unbestimmtes Bild
Vor meiner Stirne, das der Seele bald
Sich überglänzend nahte, bald entzöge.
Mit meinen Augen hab' ich es geseh'n,
Das Urbild jeder Tugend, jeder Schöne —
Was ich nach ihm gebildet, das wird bleiben!
(Beugt das Knie vor ihr.)

Karoline (für sich). Trunken ist er! Doch trank er aus castalischem Quell! (Laut.) Sind diese Verse die Frucht Ihrer unfreiwilligen Muße?

Göthe. Diese und noch mehrere; ich habe sie in dies Heft, das ich in Ihrer Grotte gefunden, niedergeschrieben und — da meine gnädigste Fürstin mir einen Beweis Ihrer Huld lassen will, so darf ich um das Geschenk dieser Blätter bitten, damit ich vollende, was ich darin begonnen! (Reicht ihr das Heft).

Karoline (nimmt es, liest). „Torquato Tasso, ein Schauspiel."
— Ich sehe, die Muse hat Ihnen heute mehr gegeben, als ich je zu geben vermöchte. Aus Einer, die glaubt gewähren zu können, werde ich zu einer Bittenden. Wenn Ihr Werk vollendet ist, so bringen Sie es mir, Sie selbst — darum bitte ich. (Gibt ihm das Heft zurück und reicht ihm die Hand, die er an seine Lippen führt.)

Karoline (zu Minette). Dein Wilhelm braucht auf diesen Herrn nie wieder eifersüchtig zu werden. Sein Herz gehört von nun an einer Andern, die, wenn sie auch längst todt ist, ihn ewig fesselt und abhält, je wieder seine Huldigungen sogleich beim ersten Anblick andern Frauen entgegen zu tragen. — Sein Herz gehört Leonoren von Este; — — ist's nicht so, mein Herr Doktor?

Göthe (verneigt sich, für sich seufzend). Ich verstehe!

Karoline (zu Minette). Und nun sorge dafür, daß unser edler Freund sich etwas labe, bevor der Landgraf, der noch beschäftigt ist, ihn zu sehen verlangt. — Auf Wiedersehen Herr Doktor! (Ab.)

Minette (zum träumenden Göthe). Kommen Sie, kommen Sie, bester Doktor!

Göthe. In den Tod für sie!

Minette. I nein! — Nur zu einer Pastete oder so was dergleichen. (Beide M. I. ab.)

Vierte Szene.

Bredern von rechts, dann Ludwig.

Bredern. Der Stellvertreter soll sich wirklich eingefunden haben, sagt mir der Offizier du jour; ha, das soll diesem anmassenden Tölpel, diesem Göthe nichts helfen! Ich will mich rächen für den Hohn, mit dem dieser Mensch mir zu begegnen wagt. — Ich habe befohlen, ihn nicht mehr trinken zu lassen, damit er zum Mindesten als Rekrut noch presentable bleibt, denn der Landgraf soll wissen, augenblicklich wissen, was um ihn vorgeht! Mag dann werden, was da wolle!

Ludwig (tritt ein). Verwetterter langweiliger Paragraphenfänger! — Wenn ich nur die Nasenspitze zeige, so ist er mit seinen Akten hinter mir her! — Hab's satt! — Will an die Luft; — meine Frau wird schon allein fertig werden mit den alten Perrücken! — Ah Bredern — meinen Wagen!

Bredern. Durchlaucht — man erwartet noch dero gnädige Befehle wegen des Rekruten.

Ludwig. Gott's Blitz, den darf ich nicht vergessen! Ihr thut wohl daran Hauptmann, mich zu erinnern.

Bredern (für sich). Das denke ich auch!

Ludwig (für sich). Will meiner wackern Frau Wort halten, die sich da drinnen an meiner Statt ennuyirt! (Laut.) Also — den Rekruten!

Bredern. Durchlaucht, meine Dienstpflicht gebietet mir, Ihnen eine Eröffnung zu machen.

Ludwig. Oho! — Dienstpflicht — Eröffnung — was gibt's?

Bredern (sieht sich um, tritt dann mit geheimnißvoller Miene näher.) Dieser Rekrut —

Ludwig. Nun, nun, der Rekrut?

Bredern. Ist ein gewisser Göthe.

Ludwig (für sich.) Esel! das weiß ich längst!

Bredern. Doktor Göthe aus Frankfurt!

Ludwig. Der den Götz von Berlichingen geschrieben hat?

Bredern. Derselbe, Durchlaucht.

Ludwig. Gott's Blitz! das ist ein prächtiger, ein ganzer Kerl, der Berlichingen! Da ist nichts zu sagen; so Einer steht mir an! Was meint ihr dazu, Bredern — Ihr kennt's doch?

Bredern. Ja wohl, Durchlaucht; — oh sehr schön — ganz außerordentlich — nur hie und da — etwas roh —

Ludwig. Ja, ja! Der Berlichingen führt bisweilen lästerliche Reden, besonders, wo er von seiner Dachluke herunter den kaiserlichen Hauptmann — grüßen läßt! — Wir wollen dem Dichter dafür den Kopf waschen; ruft mir ihn!

Bredern. Das ist noch nicht Alles, Durchlaucht! dieser Göthe hat Protektion gefunden; man will ihn retten und Ew. Durchlaucht einen Andern unterschieben, der an Göthe's Statt Soldat werden soll.

Ludwig. Oho, das sind ja vertrackte Geschichten! Wer ist dieser Andere?

Bredern. Wohl irgend ein unbedeutendes Subjekt, das sich für Geld herbeiläßt, für diesen Göthe einzutreten.

Ludwig. Gott's Blitz, da will ich Ordnung machen. Ruft mir mal den Poeten, den Göthe!

Bredern (im Abgehen für sich). Nun mag der Narr zusehen, wie weit er hier mit seinem Dünkel kommt! (Ab.)

Fünfte Szene.

Ludwig dann Wilhelm.

Ludwig (lachend). Der Hanswurst denkt wohl, nun bricht ein rechtes Donnerwetter los über den Musje Göthe! Freut mich ganz ungemein von meiner Frau, daß sie für einen Stellvertreter gesorgt, um mich für den Poeten zu entschädigen! So wahr ich lebe, es freut mich! Wollen nun auch ihr zu Liebe mit dem Göthe recht säuberlich verfahren. (Wilhelm durch d. M. Thür r., an der er in militärischer Haltung stehen bleibt.)

Ludwig (ihn fixirend). Gott's Blitz, ein hübscher Bursche! Schad' um ihn! — Gute Haltung, könnte Flügelmann im zweiten Glied werden, — hält sich, als wüßte er mit dem Gewehr umzugehen.

Wilhelm (für sich). Fragt er mich? (Laut.) Zu Befehl Durchlaucht!

Ludwig. Nun — wie viel Schritte macht der Grenadier in der Minute beim Parademarsch?

Wilhelm. Fünfundzwanzig, zu Befehl!

Ludwig. Der Tausend! — Und Tempo's beim Präsentiren?

Wilhelm. Fünf — zu Befehl!

Ludwig. Sieh, sieh! Das ist ja recht löblich von Ihm, daß Er sich doch auch in andern — soliden Fächern Kenntnisse anzueignen sucht. Freut mich! Man sollte glauben, Er müßte gern beim Militär bleiben. Gefällt ihm denn die Trommel nicht besser, als der Leierkasten?

4.

Wilhelm. Die Trommel gefällt mir schon, gnädigster Herr, aber nicht das Hinterdreinmarschiren!

Ludwig. Haha! Da schlägt Ihm der Poet in den Nacken! Geht lieber spazieren — verträumt und verschleudert die Zeit! Nun — 's ist sein Metier! — Sag' Er mal: hat Er heute schon gedichtet — Reime geschmiedet?

Wilhelm (für sich). Was, der will auch Reime? (Laut, zögernd.) Zu Befehl — Durchlaucht!

Ludwig. Was hat er den zusammengereimt? Sag' Er's mal her!

Wilhelm. „Ich bin Dir treu wie Gold —
Bleib Du mir auch im Stillen hold!" — Zu Befehl!

Ludwig. Nun, daß ich Ihm wohl will, soll die ganze Welt wissen! Weiter!

Wilhelm. „Wenn der Abend niederdunkelt,
dem Sterne gleich dein Auge funkelt!" — Zu Befehl!

Ludwig. Ist das Alles?

Wilhelm. Zu Befehl, Durchlaucht!

Ludwig. Wenig genug, wenn das sein ganzes Tagewerk ist! Unser Ein's hat's schlimmer. — Hör' Er: wenn Er einmal an seinem, freilich nicht sauren Geschäft die Lust verliert, und auf einen ordentlichen, praktischen Lebenslauf denkt, der ehrenvoll ist und seinen Mann nährt, so kann Er sich bei mir melden lassen. Es soll immer ein Platz in meiner Leibkompagnie für Ihn sein. Aber zwingen will ich Ihn nicht dazu. Versuch' Er's erst, ob Ihm die Poeterei Rosen bringt. Leb' Er wohl — Er ist entlassen und frei; kann gehen und Reime machen, wo Er will. Adieu! der Landgräfin dankt Er's!

Wilhelm (salutirt). Dank gnädigster Herr! (Für sich.) Herr Je, dem haben meine Verse noch am Besten gefallen! (Schwenkt hastig gegen die Thür und rennt an den eintretenden Bredern.

Sechste Szene.

Vorige. Bredern, dann Göthe.

Bredern (barsch zu Wilhelm). Halt!

Ludwig. Laßt ihn, Hauptmann — der ist frei!

Bredern (zu Wilhelm leise). So sprechen wir uns noch — verstehen Sie mich?

Wilhelm. Zu Befehl! (Im Abgehen für sich.) Weiß der Kukuk, was der immer zu knurren hat! (Ab.)

Bredern. Euer Durchlaucht, der Offizier du jour meldet unterthänigst, daß der Rekrut da ist — der Ersatzmann, von dem ich die Ehre hatte, Euer Durchlaucht zu melden —

Ludwig. Laßt ihn herein! (Bredern ab.) Wollen hoffen, daß meine Frau etwas Gescheidtes ausgesucht.

Göthe (im Rekrutenrock, geht unbefangen einige Schritte vor).

Ludwig. Halt! (Göthe bleibt stehen.) Hm, hm! — So, so! — der also!

Göthe (verneigt sich ehrfurchtsvoll). Durchlaucht —

Ludwig. Still! Bis Er gefragt wird! — Und halt' Er sich stramm; laß Er das Reverenzeln! — Er ist Soldat — versteht Er?

Göthe (für sich). Ein seltsamer Empfang!

Ludwig (ihn mit beifälligem Kopfnicken musternd). Hm! Eine ganz leidliche Statur — hoho — ein hübscher Bursch — so wahr ich lebe, ein prächtiges Exemplar! — Meine Frau hat Geschmack, das muß ich sagen! Hätt's ihr nicht zugetraut! (Kommandirt:) Vorwärts! Marsch!

Göthe (steht einen Augenblick unentschlossen, für sich). Läßt er mich manövriren? (Thut einige Schritte vorwärts.)

Ludwig. Er scheint etwas steife Beine zu haben. — Hat Ihn die Landgräfin gesehen?

Göthe. Ich hatte das Glück, Ihre Durchlaucht, die Frau Landgräfin zu sehen, und —

Ludwig. Still! — Red' er nicht mehr, als Er gefragt wird! — Was schwatzt Er da von Glück? Ja wohl kann Er von Glück sagen. Meiner Frau dankt Er's, wenn Er hessischer Grenadier wird!

Göthe (verneigt sich lächelnd). Verzeihung, Durchlaucht, aber das würde ich ihr nicht danken!

Ludwig. Nicht — danken? Was? Wozu ist Er denn hier? Warum schickt man Ihn zu mir? Wozu trägt Er den Rock da, Er Gelbschnabel?

Göthe (für sich). Herr Gott, was ist das für ein Bär! (Laut mit einiger Bewegung.) Durchlaucht, man hat mich hoffen lassen, daß ich hier einen gnädigen Fürsten finden werde, der aus Rücksicht für das, was ich bin, was ich erstrebe —

Ludwig. Was ist Er? was wird Er sein? Ein verdorbener Studiosus, ein verlaufener Scribent, ein nichtsnutziger Träumer und Lungerer, der froh sein soll, als ehrlicher Soldat irgendwo unterzukommen!

Göthe. Ich bin ein Fremder, bin Bürger einer freien Reichsstadt, und denke meinem Vaterlande etwas werden zu können, auch ohne diesen Rock zu tragen.

Ludwig. Er trägt den Rock und wird ihn tragen! Gott's Blitz! Was ist das für Gerede? Er Hans Narr, glaubt Er mit mir spaßen zu können? Er ist für einen Andern eingetreten und wird Soldat! Punktum! Rechtsum! Marsch!

Göthe (für sich). Was ist das? Bin ich verrathen? (Laut) Herr Landgraf — das Wort der erhabensten Frau bürgt mir für meine Freiheit.

Ludwig. Was faselt Er?

Göthe. Das ich aber hier statt fürstlicher Gunst Schmach und Schimpf finde, das darf mich — das muß zum mindesten den Dichter schmerzen!

Ludwig. Haha! Schon wieder ein Dichter?! Kenne das, mein Jüngelchen! So ein liederlicher Studiosus, der nichts Rechtes gelernt hat, um sich sein Stück Brod zu verdienen! Setzt sich dann hin und verarbeitet mehr Papier, als der ganze Lump werth ist! — Scheer Er sich! Marsch!

Göthe. Herr Landgraf, Sie werden über mich schalten, wie Sie Macht haben; über meinen Werth und mein Streben, mag das Vaterland mit Ihnen rechten, das schon meinen Namen hoffnungsvoll nennt.

Ludwig. Ein Dichter, den meine Frau zum Rekruten abstellt, das muß was Rechtes sein! Ha! ha!

Göthe. Die unwürdige, erniedrigende Behandlung, die ich hier erfahren muß, falle auf Jene zurück, die mich verrathen und verkauft haben; sie falle auf Sie zurück, Herr Landgraf, denn — ich schwöre es! Mit- und Nachwelt sollen mir dafür Genugthuung schaffen!

Ludwig. Gott's Blitz! in welchem Narrenhause hat meine Frau diesen Menschen geworben?

Göthe. Im Tempel der Poesie, dem der Barbar — und trüge er zehn Kronen — ewig fremd bleiben wird!

Ludwig (wüthend den Stock gegen die Thür schwingend). Zum Profosen!

Siebente Szene.

Vorige. Karoline.

Karoline. Um's Himmelswillen — mein Gemahl! Ich höre Sie so heftig sprechen —

Ludwig (sucht sich zu fassen). Euer Liebden haben mir da ein sauberes Subjekt empfohlen!

Karoline (welche bald auf den finster in sich gekehrten Göthe, bald auf ihren Gemal blickt). Was ist's denn Euer Liebden?

Ludwig. Was? Ein Satanskerl ist's! Ein Maulheld, den man zur Raison bringen muß! Dafür soll gesorgt werden, Gott's Blitz!

Karoline. Mein Gemal, ich weiß nicht, was vorgefallen, aber erlauben Sie mir, Sie an Ihr Wort zu erinnern. Sie haben mir versprochen, Göthe frei zu geben —
Ludwig. Seien Euer Liebden ruhig, der Göthe, das ist ein ganz netter, reputirlicher Mensch, der sich zu benehmen weiß, der mit sich reden läßt! Thut mir leid genug um ihn; doch hab' ich ihn freigegeben, Euer Liebden zu Gefallen. Aber dieses Schandmaul da — (will den Steck gegen Göthe erheben).
Karoline. Mein Gott, hier ist ein Mißverständniß! Das ist ja Göthe!
Ludwig. Was — wer?
Karoline (Göthe die Hand reichend). Doktor Göthe aus Frankfurt, der Dichter des Götz von Berlichingen.
Göthe (küßt ihr die Hand). Meine gnädigste Fürstin! (für sich). Und ich konnte glauben —!
Ludwig (Karoline bei Seite nehmend). Und jener andere Rekrut, der sich mir zuerst präsentirte — und den ich auch freigegeben?
Karoline (für sich). Wilhelm! (laut). Mein Gemal, ich glaubte diesen Morgen, es sei Göthe gewesen, den man als Rekruten abgeliefert. Als ich später erfuhr, daß es unser wackerer Gärtner Wilhelm sei, den sein betrunkener Meister der Wache übergeben, war Doktor Göthe großmüthig genug, sich für Wilhelm zu stellen, um sich auf meine Fürbitte hin von Ihnen freisprechen zu lassen und so den Andern zu befreien. Wie es scheint, ist Göthe zu spät gekommen.
Ludwig. Das ist wieder der Esel von Bredern, der die Konfusion gemacht!
Karoline (bittend). Mein Gemahl, Sie werden mich vor dem Fremden nicht bloßstellen wollen!
Ludwig (wendet sich zu Göthe, auf den er zuschreitet und einen Augenblick schweigend vor ihm stehen bleibt). Monsieur Göthe!
Göthe. Durchlaucht —
Ludwig (reicht ihm die Hand). Der Götz von Berlichingen ist gut! — Hab' Gefallen daran gefunden. Hätt' Er gleich declarirt, wer Er eigentlich ist, würde ich Ihn nicht so hart angelassen haben. Uebrigens ist er mir nichts schuldig geblieben, das muß ich sagen!
Göthe. Gnädigste Durchlaucht —
Ludwig. Laß Er's gut sein! Wenn er weiter dergleichen Ergötzlichkeiten und Historien zu schreiben gedenkt, so will ich Ihm alle Zeit und Freiheit dazu lassen.

Achte Szene.

Vorige. **Allgeier** (durch die M.=Thür rechts, in welcher Wilhelm zwischen zwei Soldaten erscheint. Hinter diesen *Minette* mit angstvoller Geberde).

Allgeier. Ah, der Herr Landgraf selbst! (tritt vor, deutet auf Wilhelm). Gnädigste Durchlaucht, ein Ausreißer —
Ludwig. Halt' er sein Maul! Der ist frei, er hat mein Wort!
Karoline (zu Allgeier). Und daß Er's nur weiß: Die Minette ist des Wilhelm's Braut. Sag' Er nichts dagegen, oder ich bin Seine gnädige Fürstin nicht mehr, Er böser, hartherziger, pflichtvergessener Mensch!
Allgeier. Aber Durchlaucht —
Karoline. Sei Er nur still! Wie hat Er meine Grotte gehütet? Soll ich einen Andern damit betrauen, Ihn fortschicken und den Wilhelm als Hofgärtner anstellen? Keine Entschuldigung! Willigt er ein, daß Minette den Wilhelm nimmt, so will ich Ihm dießmal verzeihen!

Neunte Szene.

Vorige. **Bredern. Gräfin.**

Bredern (bald auf Göthe, bald auf Wilhelm blickend). Ihre Durchlaucht — der Doktor Göthe — ich weiß nicht — wer — welcher —
Ludwig. Welcher der rechte ist? (mit dem Stocke agirend, zeigt auf Göthe). Ich will Euch den Göthe kennen lehren, der ist's!
Bredern. Verzeihung — Durchlaucht —
Ludwig. Gott's Blitz, wißt Ihr, Hauptmann, was Ihr angerichtet habt? Um zwei prächtige Rekruten habt Ihr mich gepreßt!
Bredern. Wollen Durchlaucht gnädigst bedenken, daß der Eine (auf Göthe zeigend) ein Säufer und der Andere (auf Wilhelm zeigend) ein Genie ist; sonach beide für Höchstdero Truppen nichts taugen —
Ludwig. Gott's Blitz! Wollt Ihr mir sagen, wer mir zum Soldaten taugt, wer nicht? Wer kein Genie ist und nicht säuft, weiß ich! Und wer mir darum doch nicht taugt, weiß ich auch, und so — hol' mich der Teufel, Hauptmann, mache ich Euch zum Major!

Bredern. Gräfin. Unsern Dank, gnädigste Durchlaucht!

Ludwig (vergnügt zu Karoline). Gott sei Dank, jetzt bin ihn ich los!

Karoline (gegen die beiden Paare, auf Göthe deutend). Meine Freunde, das Alles verdankt Ihr eigentlich dem gefangenen Dichter!

Göthe. Versucht es nur auch mit dem freien Dichter; die Welt wird noch besser dabei fahren!

Ende.